小学館文庫

いま、会いにゆきます

市川拓司

小学館文庫

編集　菅原朝也

いま、会いにゆきます

1

澪《みお》が死んだとき、ぼくはこんなふうに考えていた。

ぼくらの星をつくった誰《だれ》かは、そのとき宇宙のどこかにもうひとつの星をつくっていたんじゃないだろうか、って。

そこは死んだ人間が行く星なんだ。

星の名前はアーカイブ星。


「アーカブイ?」

佑司《ゆうじ》が訊《き》いた。

違うよ、アーカイブ星。

「アーカブイ?」

アーカイブ。

「アーカ」と言って、佑司は少し考えてから「ブイ?」と言った。

もういいよ。

そこは巨大な図書館のような場所で、すごく静かで、清潔で、整然としている。とにかく広いところで、建物をつらぬく廊下は、その果てが見えないほどだ。ここで、ぼくらの星を去った人々は穏やかに暮らしている。この星は、言ってみれば、ぼくらの心の中のようなものだ。

「どういうこと？」

佑司が訊いた。

ねえ、澪が死んだとき、親戚《しんせき》の人たちがみんな言ってただろ？　ママは佑司の心の中にいるんだよって。

「うん」

だから、この星は世界中の人間の心の中にいる人たちが集まって暮らしている場所なんだよ。

誰かが誰かを思っている限り、その人はこの星で暮らしていける。

「誰かが、その人のことを忘れちゃったら？」

うん、そうしたらその人はこの星を去らなくてはいけないんだ。

今度は本当に「さようなら」だ。

最後の夜は、友達みんなが集まってさよならパーティーをするんだ。

「ケーキも食べる？」

そうだね、ケーキも食べるよ。

「イクラも食べる？」

うん、イクラもあるよ。（佑司はイクラが好物なのだ）

「それから――」

なんでもあるよ。心配しなくていいから。


「ねえ、その星にジム・ボタンもいるの？」

なんで？

「だって、ぼくはジム・ボタンを知っている。それって、『心の中にいる』ってことでしょ？」

ううん（昨晩、『ジム・ボタンの機関車大旅行』を読んで聞かせたのだ）、いると思うよ、多分。

「じゃあ、エマは？　エマもいる？」

エマはいない。

いるのは人間だけだよ。

「ふーん」と佑司は言った。


ジム・ボタンもいるし、モモもいる。

赤ずきんちゃんもいるし、もちろんアンネ・フランクもいるし、きっとヒトラーやルドルフ・ヘスもいる。

アリストテレスもいるし、ニュートンもいる。


「みんなで何をしているの？」

何って、みんな静かに暮らしているんだよ。

「それだけ？」

それだけって、そうだなあ、みんなで何かを考えているんじゃないかな？

「考える？　何を？」

すごく難しいこととか。時間がかかるんだよ、答えが出るまで。だから、あっちの星へ行っても、ずっと考えているんだ。

「ママも？」

いや、ママは佑司のことを考えている。

「そうなの？」

そうだよ。

だから佑司も、ずっとママのことを忘れずにいるんだよ。

「忘れないよ」

でも、おまえは小さい。ママとはほんの5年しか一緒に暮らさなかったからね。

「うん」

だから、いろいろ話してあげるよ。

ママがどんな女の子だったか。

どんなふうにパパと出会って、結婚したのか。

そして佑司が生まれて、どんなに嬉《うれ》しそうにしていたか。

「うん」

そして、ずっと憶《おぼ》えていてほしいんだ。

パパがあっちの星に行ったときママに会うためには、どうしてもおまえがママのことを憶えていてくれないといけないんだ。

わかるか？

「うん？」

まあ、いいんだけどね。

2

「学校に行く準備はできた？」

「え？」

「準備だよ。名札は付けた？」

「ん？」

なんで、彼はこんなに耳が遠いんだろう？　澪がいた頃《ころ》は、こんなふうじゃなかった。なにか精神的なことが原因なのだろうか？

「もう時間だ、行くよ」

ぼくは、半分眠りの世界に戻りかけている佑司の手を取ってアパートを出た。階段の下で待っていた登校班の班長に佑司を引き渡し、彼を見送る。6年生の班長の隣を歩く佑司はまるで幼児のように見える。6歳のわりには、あまりに小さい。成長することをすっかり忘れてしまっているみたいだ。

後ろから見る彼の首筋は鶴《つる》のように細く白い。黄色い帽子からはみ出している髪は、ミルクをたらしたダージリンティーみたいな色をしている。

しかし、このイングランドの王子のような髪も、あと何年かすれば太く、くるくるに丸まったくせっ毛に変わっていくはずだ。

それはぼくが辿《たど》ってきた道でもある。思春期に大量に分泌《ぶんぴつ》される化学物質のなせるわざだ。その頃になれば、佑司も大きく成長し、やがてはこのぼくを追い越していくのだろう。そして母親とよく似た少女と出会い、恋をし、うまくいけば自分の遺伝子を半分持つコピーをもうけることになる。

太古の昔から人々はそうしてきたし（たいていの生き物たちもそうしてきた）、この星がくるくる回り続ける限りは繰り返されていく営《いとな》みだ。

ぼくは階段下に置かれた古自転車にまたがると、勤め先である司法書士事務所を目指し、ペダルを踏み込んだ。5分と離れていない。乗り物が苦手なぼくにとっては、ありがたい距離だ。

この事務所に、もうぼくは8年も勤めている。

決して短くはない年月だ。結婚し、子供が生まれ、そして妻がこの星から別の星へ行ってしまう。そのくらいのことが起こりうる年月でもある。

そして実際そうなり、ぼくは6歳の息子を抱えた29歳のシングルファザーになってしまった。

事務所の所長はよくしてくれる。

8年前から老人だった所長は、いまでも老人であり、きっと死ぬまで老人なのだろう。老人でない所長は想像できない。いまの年齢が幾《いく》つなのかも分からない。80歳を超えていることは確かだ。

首から酒樽《さかだる》をぶらさげたピレネー犬のような風貌《ふうぼう》をしている。所長がぶらさげているのは二重になった顎《あご》の肉なのだけれど。物静かで温厚であるところも似ているし、眠たそうな目をいつもしょぼつかせているところもよく似ている。

所長の代わりに奥の机に年老いたピレネー犬が座っていたとしても、ぼくは気付かないかもしれない。


澪が死んだとき、もともと弱虫だったぼくは、とことん弱虫になり、息をする力さえも失いかけていた。

ずいぶんと長いあいだ、仕事をほったらかしにして事務所にすごく迷惑をかけた。

それでも所長は代わりの人間を探したりせず、ぼくが立ち直るのを待っていてくれた。

それにいままでも、ぼくは4時には仕事を終えて帰宅できるようにしてもらっている。学校から帰った佑司をなるべく一人きりにしたくないというぼくの願いを聞き入れてもらっているのだ。その分、給料は少なくなったが、お金には代えられない貴重な時間を得ることが出来た。

よその町には学童保育という制度があるとも聞いたけれど、ここにはそんな気の利《き》いたシステムは存在しない。

だから、とてもありがたく思っている。

事務所に到着すると、ぼくは先に出勤してきている永瀬《ながせ》さんに挨拶《あいさつ》をした。

「おはようございます」

彼女も挨拶を返してくれる。

「おはようございます」

ぼくがこの事務所に入所したとき、すでに彼女はいた。高校を卒業してすぐに来たのだと言っていたから、いまはもう26歳にはなっているはずだ。

控えめで生真面目《きまじめ》な性格の女性で、その内面に似つかわしいおとなしそうな顔立ちをしている。

自己主張が得意な女の子たちの中で、彼女が立っていられる場所はちゃんとあるのだろうかと、ときどき心配したりもする。

肘《ひじ》で押され、足で小突かれしているうちに、いつか世界のへりから落っこちてしまうんじゃないだろうか？　そんなふうにも思う。

所長はまだいない。

最近、とみに事務所に出てくる時間が遅くなっている。歩く速度が遅くなったこととは関係がないと思うけれど。

だから、しばらくのあいだ、事務所には二人だけしかいない。これで全て。仕事の量から言っても、妥当な人数だと思う。


ぼくは自分の机に座ると、クリップボードに貼《は》られたメモ書き全てに目を通した。『銀行に2時』とか『クライアントから書類をもらってくる』とか『法務局に行くこと！』とか、おそろしく読みづらい文字で書かれている。昨日のぼくから今日のぼくへの送り状だ。

ぼくはあまりに記憶力が弱い。だから、自分がすべきことは常にメモ書きにして残しておくようにしている。

この記憶力の弱さは、ぼくが抱え込んでいる様々な不具合の中のひとつだ。それはつまるところ、ぼくをつくり上げるために用意された設計図にミスがあったのだということ。

ほんの1か所。

おそらく修正液で消して、その上からボールペンで書いたのがいけなかったのだろう。もちろん、ものの例えだが、実際にも似たようなことがあったんだと思う。

とにかく文字がかすれたか、あるいは下の字が顔を出してしまったのかは知らないけれど、ぼくの頭の中ではあるとても重要な化学物質がでたらめに分泌されるという、かなりでたらめな状況が生じている。それでぼくは必要以上に興奮したり、まったく場違いなところで不安を感じたり、忘れたいのに忘れることができなくなったり、忘れちゃいけないのに忘れてしまうような人間になった。

すごく不便だ。行動が制約されるし、とても疲れる。仕事でよくミスをするし、人からは不当なまでに過小評価されることになる。

つまりは能なしあつかいされる。いちいち頭の中の化学物質のせいなんです、と言ってまわることはしない。面倒だし、理解されづらいし、とどのつまり、結果だけ見れば確かにそのとおりなのだし。

所長はとても寛容な人で、そんなぼくを解雇もせず使い続けてくれている。永瀬さんはさりげない気配りで、ぼくの仕事をフォローしてくれる。

とても感謝している。

所内でのデスクワークをこなすと、ぼくはブリーフケースに書類を詰めて外に出た。自転車を飛ばして法務局に向かう。

ぼくは、自動車の免許を持っていない。大学2年のときに一度試してみたのだけれど、どうしても仮免許試験の壁を越えることができなかった。

その数か月前に、ぼくは初めて自分の脳ミソの不具合を知ることになる。カチン、とスイッチが入り、バルブが開かれ、そしてぼくのレベルゲージが振り切れた。だから自動車の免許を取ろうとしたとき、ぼくはまだ相当な混乱の中にいた。むしろ仮免許試験まで漕《こ》ぎ着けたことを評価すべきなのかもしれない。

当日、教官を隣に乗せ、ドライバーズシートに腰を下ろした時点で、すでに例の化学物質はぼくの血液の中になみなみと注がれていた。ぼくは必要以上に不安を感じ、必要なだけの注意力を保つことができなかった。不安は徐々に駒《こま》が大きくなっていくドミノ倒しのようなもので、ものすごい勢いで増大していく。

指数関数的とでも言うのだろうか、そのものすごさは、ほんとにものすごい。

ぼくは死にそうになる。

本気で死ぬんじゃないかと思う。

もっともこの頃は、一日に何十回もそう思っていたのだけれど（いまでも日に何回かはそう思うときがある)。

そして試験は中止となった。その後2回同じことをやって、ぼくは自動車の免許を諦《あきら》めた。

昼になると、ぼくは公園のベンチに座り、自分でつくった弁当を食べた。つましい生活の中で、削れるものはどんどん削ることにしている。

それにぼくはコンビニエンスストアーの弁当を食べると、必ずお腹をこわしてしまう。他の人間には大丈夫でも、ぼくにとっては致命的となる添加物のせいだ。

ぼくの体内センサーは、普通の人の数十倍の感度を持っている。温度や湿度、気圧の変化にもすごく敏感だ。だから、ぼくは前もって心構えが出来るように、気圧センサーの付いた腕時計をはめている。

台風はとても怖ろしい。

それにしてもつくづく普通の人たちは、なんてタフなんだろうと感心してしまう。ときおり、ぼくは自分のことを、あまりに繊細なために絶滅しかけている小さな草食動物のように思うことがある。

レッドデータブックのどこかには、ぼくの名前が載《の》っているかもしれない。

午後になると、ぼくはいくつかのクライアントを回り、それから事務所に戻った。この時も必ずメモを携《たずさ》えていく。訪れたクライアントに×印を付けて、残りを確認するためだ。そうでないと同じクライアントに2度行ってしまったり、行くはずだったクライアントを素通りして事務所に戻ってしまうこともあるからだ。

クライアントから預かった書類を永瀬さんに手渡し、いくつかの事務仕事を片づけると、ぼくの勤務時間が終わった。所長の姿はなかった。

ぼくは永瀬さんに「さよなら」と言って事務所を出ようとした。

永瀬さんが、「あの」と言ってぼくを呼び止めた。

「何ですか?」

ぼくが訊《き》くと、彼女は困ったような顔をして、自分のブラウスの衿《えり》や袖《そで》を何度も引っ張った。

「ううん」と彼女は言った。

「何でもありません」

「そう」

ぼくは1秒ほど考え、それからにっこりと笑って言った。

「さようなら」

「さようなら」

自転車を飛ばしてアパートに帰ると、佑司は寝転がって本を読んでいた。表紙を確かめると、それはミヒャエル・エンデの『モモ』だった。

「読めるの？」とぼくが訊くと、佑司は「ん？」とぼくに顔を向けた。

「その本、読めるの？」ともう一度ぼくが訊《たず》ねると、「読めるよ」と彼は答えた。

「少しだけ」


「夕食の材料を買いに行くよ」

ぼくはプルオーバーとジーンズに着替えると、佑司に声をかけた。

「今夜は何が食べたい？」

「カレーライス」

ぼくらは部屋のドアを開け、外に出た。階段を下りながらぼくは言う。

「カレーライスはおととい食べたよ」

「でも食べたい」

「それに確か、日曜日もカレーライスだった」

「うん、でもぼく食べたいんだよ」

「時間がかかるよ」

「へいき」

「そう」

で、ぼくらは駅前のショッピングセンターでカレールーとタマネギとニンジンとジャガイモを買う。ぼくは左手にビニール袋を提《さ》げて、右手で佑司の手を握りながら歩く。佑司の手はいつも汗ばんで、すこし湿っている。

ぼくは必要以上に心配する人間なので、道を歩くときはいつも佑司の手を握って放さない。そして彼に言う。

「車はこわいんだ。気を付けなきゃだめだよ」

「うん」

「車の事故で、毎日何十人もの人が死んでるんだ」

「そうなの？」

「そうだよ。もしこれがさ、電車とか飛行機の事故で毎日同じくらいの人が死んでいたら、きっとその乗り物は何か大事なところに間違いがあったんだってことになって、廃止されちゃうんだろうな」

「じゃあ、車もなくなるの？」

「なくならない。増えている」

「なんで？」

「なんでかな？」

「不思議だね」

ほんとに不思議だ。

帰り道の途中、ぼくらは17番公園へ立ち寄った（この町にはいったい幾つの公園があるのだろう？　ちなみに21番公園というのをぼくは見たことがある）。

公園にはいつものように、ノンブル先生とプーがいた。

ノンブル先生の本名をぼくは知らない。若い頃、小学校の教諭をしていた頃から、そう呼ばれていたそうだ。初めてそれを聞いたとき、ぼくは彼に訊ねた。

「ノンブルって、あの小説とかのページの下にふってある番号のことですよね？」

「そうだよ」と彼は答えた。

彼はいつもふるえていた。まるで雨に濡《ぬ》れた子犬みたいに。とても年をとっていたから、そのせいなのかもしれない。

「それが何であなたの呼び名に？」

彼は小さくかぶりを振った。あるいはただ、ふるえていただけなのかもしれない。

「何でだろうね？　もしかしたら、まわりの人たちは私の人生が空虚だとでも言いたかったのかもしれないね。いくらめくっても白紙のページばかりで、ただノンブルだけがふってある本のように」

そうなんですか？と、ぼくは訊ねた。彼は老人特有の濁った涙目で宙を見つめた。

「私の人生は、ただ妹のためだけにあったからね」

彼の足下《あしもと》でむく犬のプーがアクビをした。

（この犬にもちゃんと「本名」があったのだけれど、佑司が勝手にプーと命名してしまったのだ）

妹と私は13も年が離れていた。二人のあいだには弟もいたが、彼は両親があいついで死んでしまうと、早々に家を出て独立していった。家には妹と私の二人だけが残ったんだ。

妹は幼い頃から身体《からだ》が弱くてね、15歳までは生きられないだろうというのが当時の医者の見立てだった。

みたてってなあに？　とそばで聞いていた佑司が訊ねた。うまい説明の言葉が見つからなかったぼくは、「おまえが思っているとおりだよ」と答えてやった。

やっぱりそおかあ、と佑司は笑った。

きっと別の何かを想像しているに違いない。

弟が家を出たとき、妹は14歳、私は27歳だった。私は妹の最期《さいご》を看取《みと》る覚悟で彼女と二人だけの生活を送っていくことにしたんだ。私もいい年頃だったからね、想《おも》いを寄せる女性のひとりもいたよ。でも、まずは妹のことを第一と考え、自分のことはそれからだと、そう言い聞かせて迷う心を戒《いまし》めたんだ。実際、妹の病気の治療にはずいぶんと金がかかった。だから、もし仮に想い人との恋が成就《じょうじゅ》したとしても、所帯を持つことは叶《かな》わなかっただろうね。

そうやって月日は驚くほどの速さで流れていった。

ほんとに速かった。私だけ特別なのかとも思ったよ。おそろしく頭のいい誰《だれ》かが、私の時間を掠《かす》め取っているんじゃないかとも疑ったぐらいだ。

とにかく、あっという間に時は過ぎた。

たしかに私の本には書くべきことは何もない。最初のページに、なんと言うことはない、つまらない男の一日を書けば、あとはずっと「右に同じ」とでも記しておけばいいんだからね。

信じられるだろうか？　そんな生活が30年も続いたなんて。

妹は44歳で死んだ。そのとき私は、あと3年で60歳になる年になっていたんだよ。

でも、ひとつだけ言えるのは、そんな私の人生だって、決して「空虚」なんかじゃあなかったってことだ。なんと言うことはない、つまらない男の人生にだって、ちゃんと中身は詰まっている。からっぽじゃないんだよ。

ささやかではあるけれど、喜びだって感動だってあったからね。一日の仕事を終えて家に帰り、私の帰りを待っていた妹にその日の出来事を語って聞かせるのは、なんて言うか、楽しいことだったよ。

それが私の人生だよ。

もし、別の人生を送っていたら、きっと私とは別の人間がここにいるのだろうしね。人は人生を選ぶことはできないんだから。

そして今日も、ノンブル先生は自分の人生を生きている。

老いたむく犬のプーと一緒に。

佑司があごの下をさすると、プーはいつものように何とも不思議な音をたてた。音というよりも微《かす》かな空気の振動。それでもそこには抑揚《よくよう》がある。

あえて書こうとすれば「～？」。

以前、ノンブル先生が教えてくれた。彼の前の飼い主が、手術でプーから声を取り去ってしまったのだと。

公園にいる他の犬たちから「ウォン」と挨拶されても、プーは「～？」としか返すことが出来ない。本人はさして気にしているようには見えないのだけど。


「今日の夕食はカレーかな？」

買い物袋を見やりながらノンブル先生が言った。

「そうです。先生は？」

「私はこれだよ」

彼が掲《かか》げて見せたビニール袋の中には、パックに入ったワカサギのフライがあった。

「残り物は半額になるからね。ありがたいことだよ」

彼は袋に鼻を近づけ、匂《にお》いをかぐと目をつむり嬉《うれ》しそうな顔をした。

「これもささやかな幸せのひとつだね」

ところがぼくは、そんなノンブル先生の幸せそうな顔を見て何故《なぜ》か悲しくなった。

どうしてかはわからない。とにかく悲しかった。

ノンブル先生の幸せが、あまりにつましいものだから？　人生の終章を迎えた人の手の中には、もっと多くの果実があってもいいはずなのに。

だから？


ぼくとノンブル先生は、じゃれ合っている佑司とプーを眺めながら、ベンチに並んで座りいろんな話をした。そしてぼくは、最近自分が密《ひそ》かに温めていた計画を彼に打ち明けた。

「実は小説を書こうと思うんです」

ノンブル先生は座っている位置をずらし身を遠ざけると、ぼくの姿全てを視界に収めようとするかのように目を細めた。それから両手を静かに掲げて言った。

「素晴らしい。ほんとに素晴らしい」

「そう思います？」

「思うよ。小説は心の糧《かて》だ。闇《やみ》を照らすともしび、愛にも優《まさ》る悦《よろこ》びだよ」

「そんな大それたものじゃないんです。ただ、いつか佑司に読んでもらうために、ぼくと澪の話を書こうと思ったんです」

「うん、いいことだと思うよ。彼女はとても素敵な女性だった」

「そうですね」

佑司がプーの首にしがみつき耳を齧《かじ》るマネをした。プーは本気でいやそうな顔をして、しきりに「～？」「～？」と言っている。

「病気のせいかもしれないんだけど、ぼくはものすごく記憶力が弱いんです」

だから、とぼくは続けた。

「全てを忘れてしまう前に残しておこうと思って。ぼくらのことを」

ノンブル先生は小さく頷《うなず》いた。

「忘れるってことは悲しいことだね。私もほんとにたくさんのことを忘れてしまった。記憶とは、もう一度その瞬間を生きることだ。頭の中でね」

ノンブル先生はそう言って自分の頭を指さした。ふるえる指先は、まるで自分のこめかみに何か言葉を書こうとしているみたいに見えた。

「記憶を失うということは、その日々を生きることが二度と出来なくなるということだ。人生そのものが指のあいだから零《こぼ》れていくみたいにね」

先生は自分の言葉に何度も頷き、さらに続けた。

「だから、書き残すということはいいことだと思うよ。よほど私の本よりも充実した中身になるだろう（ここで先生は器用に片目をつむってみせた）。20世紀最高の文学のひとつと言われた小説も、つまるところは幼い頃の記憶を手繰《たぐ》り寄せることから始まったのだからね」

やがて先生はゆっくりと立ち上がった。まるで彼の足下だけ地球の重力が倍になっているみたいにひどく辛《つら》そうだった。

「さあ、帰る時間だ。ささやかな幸せが私を待っている」

ノンブル先生は小さな歩幅でゆっくりと歩き出した。気付いたプーが先生のもとに駆け寄り、あとに続く。

「さよなら先生」

ぼくは言った。

先生は背中を見せたまま右手を掲げ、そして去っていった。

「さよならプー」

佑司が言った。

プーは立ち止まると振り返り、「～?」と言って、それから先を行く先生を追いかけた。

夜眠る前、ぼくは「アーカイブ星」のお話を佑司に話して聞かせる。ぼくは小さなディテイルを積み重ねていくことで、この星にリアリティを与えていった。そして佑司が何かを訊ねるたびに、この星は存在の重さを増していった。

「ねえ、この星はどんな形をしているの？」

この質問によって、この星に外観が与えられた。ぼくは折り込み広告の裏にサインペンで星の絵を描いた。

こんな感じ。

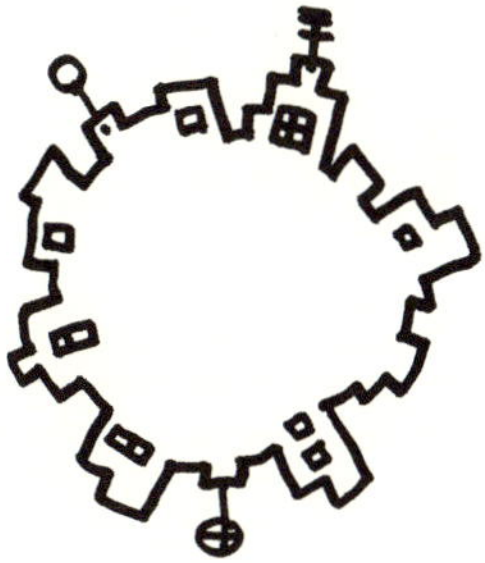

「星の表面全てを図書館みたいな建物がおおっているんだよ」
「海とか山はないの？」
「ないんだ。山を削って、その土で川と海を埋めた。そして凸凹《でこぼこ》をならした上に建物を建てたんだ」

「どうして?」

「この星に住んでいる人がとっても多いからだよ。無駄な場所はないんだ」

「そうなの?」

「だって考えてごらんよ。パパの心の中にはたくさんの人が住んでいる。もう地球にはいなくなった人たちだけど、その人たちはみんなアーカイブ星で暮らしている」

「うん、まえも言ってたよね」

「そんなふうにして、地球にいるみんなの心の中に住んでいる人たちを足していったらどのくらいになる?」

「うん。わからないよ」(少しは考えてみろよ)

「もしひとりの心の中に10人が住んでいたら、アーカイブ星には600億以上の人がいることになる」(ダブりを除けばもっと少ないのだろうけど、佑司に説明してもきっと理解できないだろう)

「600おくってどのくらい?」

「ええと、たとえば佑司の学校には1年から6年までで1000人ぐらいの友達がいる。朝礼のとき、みんなが集まっているのを見ただろ?」

「見たよ」

「そしたら、そんな学校が――ちょっと待って（指で0の数を数えて）、そう、6000万個集まっているんだ」

「6000万ってどのくらい？」

（当然の質問だ）

「ええと、そうだな。うちのテレビの上に置いてあるペットボトルには1円玉がいっぱい入っているね」

「うん。ずっとためてたんだ」

「そうだね。あの1円玉はだいたい1000枚ぐらいあるはずだから、6000万っていうのは、あのペットボトル6万本に入った1円玉の数だよ」

「じゃあ、6万ってどのくらい？」

（いい質問だ）

「そう、6万ていったら、ええと、そうだなあ――ああ、パパと佑司はよく図書館に行くよね」

「いくよ」

「あそこに置いてある本は、だいたい全部で6万冊あるって聞いたことがある」

「あそこにある本全部で？」

「そう」

「あれが6万かあ……」

そしてずいぶんと長い時間、佑司は隣のフトンで考えていた。あまりに長いので、もう眠ってしまったのかと思った頃、佑司が小さな声でぼくに訊いた。

「たっくん？」（佑司はぼくのことをこう呼ぶ）

「何？」

「もうひとつ訊いていい？」

「いいよ」

「あのね」と佑司は言った。

「ぼく、一番最初に何を訊いたんだったっけ？」

「あれ？」

「うん」

「パパも忘れちゃったよ」

「そう？」

「もう寝ようか？」

「そうする」

また別の夜は、佑司の「何でその『誰か』は、この星をつくったの？」という質問によって、アーカイブ星に存在理由が与えられた。

「この星の建物は図書館に似てるってパパは言ったよね」

「うん」

「じっさいこの星は図書館なんだよ」

「そうなの？」

「そうなんだ。アーカイブ星をつくった『誰か』は、こういうものが大好きなんだ。だからこの星に住んでる人たちは、『誰か』のために本を書くんだ。前に言ったよね、みんな考えてるんだって。アリストテレスもニュートンも難しいことをずっと考えてるんだって」

「そお？」

「うん、言ったんだ。そしてニュートンでもプラトンでもいいけど、その人たちは地球で考えても答えられなかった難しい問題をアーカイブ星に行ってもずっと考え続けているんだ。何百年もね。地球人が憶《おぼ》えている限り、その人は、ずっと考え続けることができる」

「うん」

「で、何か答えが出るたびに本を書くんだ。そして、その本はアーカイブ星の図書館に収められる」

「ママの本は？」

「ママも本を書くよ。佑司とパパのことが書いてあるんだ」

「その本を『誰か』は読むの？」

「読むよ。『誰か』はこの本がとくに好きなんだ。人間の愛について知ることができるからね」

「そうなの？」

「そうだよ」

「ジム・ボタンは何を書くの？」

「機関車の本じゃないかな」

「じゃあ、赤ずきんちゃんは？」

「オオカミの本、だと思う」

「ほんとに？」

「ほんとさ。赤ずきんちゃんは、おばあさんとオオカミの見分け方の本を書いたんだ。一種の実用書だね」

「そうなの？」

「たぶんね」

週末になると、ぼくらは町はずれの森に行く。

コナラやクヌギ、エゴノキの葉が生い茂る緑の揺籃《ゆりかご》では、タヌキやイタチ、そしてもっと小さな齧歯類《げっしるい》やさらに小さな昆虫たちが幸福に暮らしている。森を囲むように点在する小さな沼には、タナゴやワタカ、クチボソがいる。彼らは自分たちの世界を満足げに見渡しながら、優雅にヒレをそよがせている。

森には幾筋《いくすじ》もの小径《こみち》があって、それは迷路のように入り組んでいる。小径の入り口には造り酒屋の工場が1軒ぽつんと建っている。古材とトタンでできたこの工場は、すでに森の一部になりかけている。壁にはツタが絡《から》まり、屋根は張り出したクヌギの大枝の葉に覆われている。工場は「ゴン、ゴン、シュー」と低いうなり声のような音を立てている。

ぼくは色褪《いろあ》せたコットンのショートパンツに「KSC」と書かれたTシャツ（ケネディ宇宙センターの略。誰かのお土産《みやげ》）を着て走っている。昔のようにはいかないけれど、１kmを6分ぐらいのゆっくりとしたペースなら1時間は走り続けられる。ぼくの後ろから子供用の自転車に乗った佑司が続く。ようやく補助輪がとれたばかりで、その走りは頼りなく、危なっかしい。

落ち葉が積もった小径には木の根が地面から顔を出していたり、折れた枝が横たわっていることもある。ぼくは軽いステップで障害物をまたいでいくが、佑司はそのたびに自転車を降りて押して乗り越える。そしてぼくの背中に向かって訴える。

「たっくん、待ってよう。ぼくを置いて行かないでよう」

ぼくはペースを遅くして彼を待つ。

「置いていくわけないじゃないか」

「そうだけど」

「さ、行こう」

そして二人は再び森の中心に向かってペースを上げていく。

幾筋もの小径を一筆書きのように辿《たど》りながら40分も走ると、ぼくらは森の向こう側に出る。そこは何かの工場の跡地で、地面は剝《む》き出しのコンクリートでおおわれている。巨大な機械を据えていた台座の名残《なごり》も見える。石灰質の広大な平面に、建物の一部がポツンと取り残されて立っている。ほとんど崩れ落ちているが、そこには1枚のドアが残されている。

郵便受けもある（傾いている）。

こんな感じ。

5番工場だったのか、5番倉庫だったのか分からないけど、この壁の向こう側はすっかり無くなっている。

佑司はいつもここでボルトやナットやリベットやコイルバネを拾う（ごくたまに、小さなスプロケットを拾うこともある。そんな日は当たりだ）。

ぼくは残された台座に腰かけ、そんな彼を眺めている。

以前はここに澪もいた。

佑司はおそらく2歳ぐらいのときから、この作業を続けている。なのにボルトもナットもリベットもコイルバネも無くなることはない。とても不思議だが、小さな部品はいつでもここにある。

佑司はポケット一杯に拾い集めた部品を持ち帰ると、アパートの向かいにある空き地に穴を掘って埋める。もう、そうとうな量になっているはずだ。この空き地の地表から30㎝ぐらいまでのところは、ぎっしりとボルトやナットやリベットやコイルバネが埋まっているに違いない。

いずれ誰かが掘り起こしたときの顔を見てみたい気もする。

ぼくは佑司に訊ねる。

「ひとつ訊いていいかな？」

「なに？」

「なんでこんなことをするの？」

彼はものすごく頭の悪い人間を見るような目でぼくを見る。

「きまっているじゃない」と彼は言う。

「楽しいからだよ」

ふむ。


あれは澪がアーカイブ星に行ってしまう1週間ぐらい前のことだ（こんなふうな言

い回しには、どことなく心安らぐものがある)。

彼女はぼくにこんなことを言った。

――私はもうすぐここからいなくなってしまうけれど、またこの雨の季節になったら、二人がどんなふうに暮らしているのか、きっと確かめに戻ってくるから。

(その日も6月の冷たい雨が降っていた)

だから、そのときまでしっかりとお願いね。佑司はその頃は小学生になっているはずだから、ちゃんと学校に送り出してあげてね。きちんと朝ごはんを食べさせて、忘れ物をしないように持ち物を調べてあげてね。


できるかしら?

「できるよ」とぼくは言った。

ほんとうかしら? 私が戻ってきたとき、ちゃんとしてなかったら許さないから。

(それから彼女は小さく笑った。見逃してしまいそうなほど、とても小さな笑みだった)

あなたのことが心配なの、と澪は言った。

「大丈夫だよ」

ぼくは言った。

「強くなる。いい父親にもなるよ。心配しないで」

ほんとうに？

「ほんとさ」

約束よ。

「うん」


ぼくは強くなれたのだろうか？

いい父親になれたのだろうか？

もうすぐ雨の季節になる。

6月の月曜日。

今日もまたぼくらは新しい一日に飛び込んでいく。

3

「佑司、朝食が出来たよ」

「ん？」

「早く食べちゃいな」

「え？」

ぼくはまだパンツ一枚で目をこすっている佑司の頭からTシャツを被《かぶ》せた。

「食事だよ。食事」

「うん」

「ランドセルは調べたか？　忘れ物はない？」

「うん、ないよ」

しかし、彼は必ず毎日何かを忘れていく。

「たっくん？」

「何？」

「また目玉焼きとウィンナー？」

「そうだよ。栄養があるし、とてもおいしい」

「でも、毎日だとね」

「何？」

「なんでもない」

「早くしなくちゃ。あと8分しかないよ」

「そお?」

「そうだよ」

「ねえ、たっくん?」

「ん?」

「このシャツ、ケチャップの染みがついてるよ」

「気にしなくていいよ。シャツの柄だと思えばいい」

「そうなの?」

「ここんとこ洗濯してなかったから、代わりがないんだよ。もう1枚はソースの染みがついているし、後のもう1枚はカレーがべっとり」

「うわ」

「もう少しきみがきれいに食べてくれると助かるんだけどね」

「じゃあ、いいよ。このシャツで」


外回りからの帰り、雨に降られた。この月、初めての雨だった。事務所に戻ると、永瀬さんがタオルを持ってきて、ぼくの肩や背中を拭《ふ》いてくれた。

「スーツ」と永瀬さんが言った。

「はい？」

永瀬さんは言いかけた自分の言葉にひどく戸惑っているように見えた。自分のブラウスの衿《えり》や袖《そで》をしきりに引っ張る。

「何でしょう？」

「あの」と彼女は言った。

「染みになってしまうかも」

「ああ、そうかもしれませんね」

それでも彼女はまだ落ち着かないそぶりを見せている。

何？　というふうにぼくが微笑《ほほえ》むと、彼女は、何でもないです、というふうに首を振った。

ぼくは彼女に書類を渡すと「さよなら」と言った。

彼女は小さく呟《つぶや》くように「お疲れさま」と言って、書類を胸に抱いた。

所長は自分の机で気持ちよさそうに眠っていた。

夕方、傘をさして二人で買い物に出かけた。

「今夜は何が食べたい？」

「カレーライス」

「マンネリだ」

「まんねりってなあに？」

「独創性に欠けるってことだよ」

「それって、どういうこと？」

「我が家の食事のメニューみたいなことさ」

「そうなの？」

「そうだよ」

「じゃあ、どうするの？」

「何か今までに作ったことのないメニューに挑戦してみようか？」

「うわ、いいね」

「新しい風だ」

「何それ」

「昔、アメリカの大統領が言った言葉だよ。今はその息子が大統領をやってる」

「そうなの？」

「そうなんだ」

そこでぼくらは互いに意見を出し合い、今まで一度も我が家の食卓にのぼったことのない「ロールキャベツ」を今夜のメニューときめた。ショッピングセンターで分担して材料を買い集め、ぼくらは意気揚々と引き上げた。「新しい風、新しい風」と佑司が繰り返していた。

17番公園にはいつものようにノンブル先生がいた。黒い傘をさし、池を縁取るように咲くアジサイを眺めている。プーは雨を嫌ってベンチの下にもぐり込んでいた。

「ノンブル先生」

ぼくが声をかけると、先生はこちらに向き直りにっこりと笑った。

「アジサイですか？」

「美しいものだね。花は見るものがいるから美しく咲こうとするんだ。まっすぐで迷いのない思いだよ」

先生はそしてこう続けた。

「アジサイはもともと海辺の植物なんだ。だからかもしれないね、水を恋しがる」

先生はまだ今でも、結ばれることの無かった女性の面影を追い求めているのかもしれない。それって、恋をしていることと同じなんじゃないだろうか。たとえ何十年も会えずにいても、もしかしたらもうこの星にはいなくなってしまった相手でも、人は恋しく思うものなのだ。

不思議だけども、それが真実だ。

「小説は進んでいるかな？」

先生が訊《たず》ねた。

「まだです。いざ書こうとすると難しいものですね。書きたいことはいくらでもあるのに」

「そのときが来るまで待てばいいんだよ」

「そのとき？」

「そう、胸一杯になった言葉がいずれ溢《あふ》れ出てくるときまで」

「そうなんですか？」

「そう、いつか来るはずだよ。そのときが」

佑司はしゃがみ込み、ベンチの下のプーに何か話しかけている。プーは黙って聞いている。注意して耳を傾けてみると、佑司はこんなことを言っていた。

「ねえ、新しい風って知ってる？」


家に戻り、佑司にも手伝ってもらいながらレシピを参考にロールキャベツをつくった。レシピには「最も失敗する可能性の少ない料理の一つ」と書かれていた。

だが、我々は失敗した。

「ねえ」

「何？」

「ロールキャベツってこういう味なの？」

「いや、多分違うと思う」

「あの」

「ん？」

「すごくまずいんだけど」

「パパも同じ意見だ」

それから5秒ほど沈黙があった。

「ぼくさ」

「うん」

「気付いたことがあるんだけど」

「何？」

「買うとき間違えたみたい」

「何を？」

「ぼく、キャベツじゃなくてレタスを買っちゃったかもしれない」

「そう」

さらに5秒の沈黙。

「ごめんね」

「いや、いいんだ。気にしないで。それを気付かずに料理したパパも同じだから」

「そう?」

「うん」


いつか新聞で英国の子供の3人に1人はキャベツとレタスの区別がつかないという記事を読んだことがある。我が家のイングランドの王子も、どうやらその3人のうちの1人の中に入るらしい。

そして、おそらくぼくも。

4

隣町の映画館で『モモ』が上映されていることを知った。単館系の映画館で、ふだんから名作のリバイバルなどをやっていたのだが、この月はミヒャエル・エンデの特集を組んでいるらしかった。

今週は『モモ』が、次の週は『はてしない物語』が上映予定とあった。

佑司は『モモ』が観《み》たいと言った。


「パパが映画館に入れないことを知っているよね」

「知ってる」

「だから観るんだったら、佑司ひとりでってことになるけど、大丈夫かな？」

「大丈夫」

「ならば、土曜日に行ってみようか」

「やった。たっくん、ありがとう」

「どういたしまして」


土曜日、上映開始の1時間前にぼくらはアパートを出た。ぼくは通勤で使っている古自転車で、佑司は子供用の自転車で田園地帯を貫く一本道を走る。隣町まではほぼ10㎞の道のりだから、充分間に合うはずだった。

ぼくは、バスや電車に乗ることが出来ない。

乗って、ドアが閉まり加速度を感じた瞬間、スイッチが入り、バルブが開き、レベルゲージが振り切れる。

それはもう、どんな乗り物でも同じで、遊園地のお猿の機関車でもそうだし、観光地のスワンの遊覧船でもやっぱりそうなる。だから、バスや電車はもっとそうなるし、モノレールやケーブルカーは（高いところだから）さらにそうなる。推測だが、飛行機はものすごくそうなりそうだし、潜水艦に至っては、致命的にそうなるだろう。

想像するだけでも怖ろしいのは、身動きも出来ないような小さな操縦室に押し込められて、尻《しり》の下で火薬を爆発させて宇宙に放り出されることだ。

だから、スプートニクに乗って地球をくるくる回ったライカ犬のクドリャフカはぼくの英雄だ。彼女の勇気のひとかけらでもぼくにあればと思う。

とにかく、これはすごく不便なことだ。ぼくが背負っているあらゆる制約の中でも、かなり上の方に位置する。おかげでぼくは、月に行くことも出来ないし、マリアナ海《かい》溝《こう》に潜ることも出来ない。

とても残念だ。


映画館には上映の5分前に着いた。思ったよりも時間がかかったのは、向かい風のせいだ。佑司は頭を低くしてけんめいにペダルを回していたが、それでも予定よりもずいぶんと到着が遅れた。

家から持ってきたサンドウィッチを手渡し、自動販売機で買ったコーラを持たせる。ほんとうは映画が始まる前に二人で食べようと思っていたのだが、その時間は無くなった。

ぼくは窓口で子供用のチケットを1枚買った。

「さあ、楽しんでおいで」

佑司は突然の予定の変更に、少し不安を感じているみたいだった。ぼくはサイフから硬貨を何枚か取り出し、佑司のズボンのポケットに入れた。

「もし、サンドウィッチだけじゃお腹が一杯にならなかったら、ポップコーンを買えばいい。ドーナツでもいいし、好きなものを食べるといいよ」

「うん」

それでも佑司は胸の前でサンドウィッチが入ったランチボックスとコーラの缶をかかえたまま、動こうとしなかった。

上映開始を告げるブザーが鳴った。佑司はくるりと首を回し、場内に通じるドアを見た。それからまた向き直って、ぼくの顔を見る。

「行っておいで。始まるよ」

ぼくは佑司の肩に手をかけると、彼を促《うなが》した。係の女性にチケットを手渡し、佑司の背中を押す。彼は2度ほど振り返りぼくを見て、それから場内に消えていった。

一緒に行けたら、と思う。

でも、ぼくは映画館に入ることは出来ない。音楽のコンサートにも行けないし、誰《だれ》かの結婚式に出席することも出来ない。この理由はエレベーターに乗ることが出来なかったり、高いビルに昇ることが出来ないのとは少し違う。

自分でもものすごく理不尽なことだとは感じているのだけど、これはあるひとつの衝動に強くとらわれてしまっているせいだ。

ぼくは大勢の人間がいる場所で、誰もが黙ってなくちゃいけない状況になると、大声でしゃべりだしたくなるというやっかいな癖を抱えている。誰もが多かれ少なかれ感じていることだとは思うのだけど、問題はその程度なのだろう。

「やあ、そのシャツいかすね！」とか、「ちくしょう、もうちょっとだったのに！」とか、言葉そのものには深い意味はない。とにかく、そのときぽっと頭に浮かんだ言葉が出口を求めて、ぼくを困らせるのだ。あとはいつもと同じパターン。困惑がスイッチを押し、バルブが開かれ、レベルゲージが振り切れる。

このごろではさほど、このことで不便を感じることは無いのだが、大学に通っていたときはさすがに困った。

授業中に、「うわっ、それはひどいな!」とか、「もうっ、そんなこと言った覚えはないぞ!」とか、頭に浮かんでくる言葉を押し込めるために脂汗《あぶらあせ》を流していた。

結局、これが最大の原因となって、ぼくは大学を中退することになる。

佑司の背中を見送ったあと、ぼくは映画館のまわりを歩いて、時間がつぶせそうな場所を探した。この辺りは、ブティックやアクセサリーショップやファーストフードの店なんかがひしめき合っている。なんだか、その喧噪《けんそう》だけで目眩《めまい》がしてきそうなほどだったが、とにかく佑司が戻ってくるまではここで待たなくてはいけない。サンドウィッチを全て持たせてしまったので、お腹も空いてきた。

ぼくはしばらく歩いて、「ここなら大丈夫」とスターバックスに入ることにした。何が大丈夫かと言うと、ここは全店が禁煙になっているから。センサーが敏感なぼくには、タバコの煙はペッパーガスにも等しい脅威だ。

ぼくみたいな人間の集団がデモ隊になったら(「やあ、そのシャツいかすね!」とか「ちくしょう、もうちょっとだったのに!」とか書かれたプラカードを持って行進している)、警察は鎮圧するのに口々に火のついたタバコをくわえて包囲すればいい。きっと涙をぽろぽろこぼして退散するから(「うわっ、それはひどいな!」って言いながら逃げ回るのだろう)。

ぼくはコーヒーが飲めない体質なので（スイッチがパチン）、この店で口にできるメニューは限られている。なので、飲み物はミネラルウォーターのペットボトル、食べるほうはBLTサンドを注文した。

トレイに載《の》ったパンと飲み物を受け取ると、店の奥の席に座った。店内はその8割ほどが客で埋まっていた。パンツスーツ姿の女性がノートパソコンに向かっていたり、学生ふうの男の子がテキストを開いていたりと、ここではコーヒーを飲みながら何かをしている人間が多い。ぼくも彼らにならって、持参してきた大学ノートを開いた。シャープペンシルの頭を自分の胸に打ち付けて芯《しん》を送り出す。それからパンを一口ほおばり、少し考える。

ごくりと飲み込み、ぼくは1ページ目の最初の行にまず『1』とナンバーを記した。題名はあとから考えるつもりで、まだ書かなかった。

最初の言葉はすぐに出てきた。

「澪が死んだとき、ぼくはこんなふうに考えていた――」

それから先は、あらかじめ用意されていた文章を書き写すみたいな感じで、どんどんと言葉が溢《あふ》れ出てきた。

なるほどな、とぼくは思った。これがノンブル先生の言っていたことなんだ。

『胸一杯になった言葉がいずれ溢れ出てくる』

ぼくはアーカイブ星のこと、佑司のこと、事務所の仕事のこと、ノンブル先生とプーのこと、それに週末のランニングと工場跡のことを書いた。まずは今の生活を書いてから、徐々に澪との思い出を書いていくつもりだった。

今まで日記ぐらいしか書いたことがなかったのに、文章はすらすらと進んでいった。大好きな作家、ジョン・アーヴィングや、彼に文章の書き方を教えたSF作家、カート・ヴォネガットの小説を頭に思い浮かべ、それを参考にしながら書いていった。ノートの上に描写されたぼくと佑司は、なんだか実際のぼくと佑司よりもずいぶんと幸せそうだった。

本当に辛《つら》いことは書かなければいい。そうすれば彼らは幸福でいられる。そして、幸福な彼らを書くことはとても楽しかった。

ぼくは夢中になって、自分たちの分身に時間と空間と言葉を与えていった。与えた時間は、つまるところぼくの失った時間でもあった。

信じられないことに、気付いたときには、すでに日が傾き始めていた。

ぼくは驚いた。

「うわっ、しまった！」

勢いよく立ち上がったひょうしに、テーブルの上のペットボトルを倒してしまった。もっとも中身はとっくにカラになっていた。店にいた他の客たちが訝《いぶか》しげな眼でぼくを見た。

大学ノートとシャープペンシルと、それから消しゴムをバッグに大急ぎで仕舞《しま》い込み、トレイを戻すと、ぼくは店を飛び出した。走りながら腕時計に目をやると、すでに上映終了から1時間以上が経過していた。

『忘れちゃいけないのに忘れてしまう』

だとしても、絶対に忘れちゃいけないことだってある。

何で、ぼくはこうなんだろう？

何で、こんなふうになっちゃったんだろう？

行き交う人に何度もぶつかり、そのたびに「ごめんなさい」と謝りながら、ぼくは佑司のもとへと急いだ。

映画館の周《まわ》りだけはひとけが無かった。次の上映がちょうど中頃《なかごろ》に差しかかった時刻で、こういうとき映画館は妙な静けさに包まれることがある。

佑司はすぐに見つかった。

幅の広い正面階段の真ん中にひとりで座っていた。膝《ひざ》の上にランチボックスを載せ、それを抱くようにして、ぼんやりと曖昧《あいまい》な空間を見つめている。小さな口が何かを歌っているように動いていたが、声は聞こえなかった。

「佑司」

ぼくが声をかけても、彼は気付かなかった。すぐ近くまで行って、初めて佑司はぼくを見た。

目が赤く、鼻が赤く、頬《ほお》も赤かった。彼は何度も鼻水をすすり上げた。

「ごめんね」とぼくは言った。

「うん」と佑司が言った。

ぼくは腰を落とすと、まだ涙の雫《しずく》がついている佑司の睫毛《まつげ》を指で拭《ぬぐ》った。ポケットからティッシュを出し、鼻をかませる。

「片方ずつだよ。思い切りやると耳が痛くなるからね」

「うん」

そしてぼくは彼の隣に座った。

「ほんとにごめん」

「うん」

ぼくは佑司の小さな手を握った。彼の手はいつものように、温かく湿っていた。

「心配したんだ」

やがて佑司が鼻声でぼくに言った。

「たっくんがどこかで具合が悪くなって、動けなくなっているんじゃないかって」

「そう？」

「うん。だから走って探したんだ。いろんなところを。でも、見つからなかった」

「ごめん」

もう一度ぼくは言った。

「でもよかった」と佑司は言った。

「だいじょうぶだったんだよね？」

「大丈夫だった。だけど、佑司にひどいことをした」

佑司は首を振った。

「ぼくは平気。がまんできる」

「うん。佑司はえらいね」

「ぼく、えらい？」

「すごくね。パパの何倍もえらいよ」

「そんなことないよ」

佑司は言った。

「ぼく、泣いたもん。いっぱい泣いちゃったもん」

そして彼はまたぽろぽろと涙をこぼし始めた。ぼくは汗に濡《ぬ》れた琥珀《こはく》色の彼の髪に手をさし入れ、自分の胸に引き寄せた。

「泣かしてごめん」

彼は声を押し殺して、静かに泣いていた。そして、ぼくの胸に顔を押しつけたまま、くぐもった声で囁《ささや》いた。

「お願い」と彼は言った。

「ぼくのことをひとりにしないで」


「ぼくのことを忘れないで」


おそらく、佑司につらい思いをさせた、その報《むく》いなんだと思う。というか、このことによって、佑司にはさらにつらい思いをさせることになったのだけれど。

帰りの道すがら、道程もほぼ半ばにさしかかった辺りで、ぼくの調子が狂い始めた。

佑司はすっかり元気を取り戻し、いま観てきた映画のストーリーを、たどたどしい口調でぼくに語っていた。風は追い風で、ぼくらは帆を張った舟のように軽快に進んでいた。

気付いたときには、かなり状況は悪くなっていた。鼻の奥がきな臭くなり、手足の先端の感覚が無くなっていた。それにおそろしく寒かった。

それでも、しばらくのあいだは佑司の言葉に相槌《あいづち》を打っていた。もっとも、その中身はほとんど頭には入っていなかったんだけど。

そうやって我慢しながら5分ほど進んだところで、ついに限界が来た。

「佑司」と言って、ぼくは彼の言葉をさえぎった。

「なに?」

「自転車を停《と》めて」

「うん」

ぼくらはアスファルト道から直角に延びている畦道《あぜみち》に自転車を停めた。ぼくはその場に崩れるように座り込んだ。

エネルギー切れ、ガス欠だった。

普通の人間なら「お腹が空いた」で済むところなのだが、何事も大袈裟《おおげさ》にとらえる体質につくられているため、その症状も大袈裟だった。すでに手足はその付け根まで感覚が無くなっていた。座っていることもできず、ぼくは地面に横になった。いつもはこんなふうにならないように、食事は日に5回、小分けにして摂《と》るようにしていた。だが、今日はすっかり気が動転して3時の間食を摂るのを完全に忘れていた。

「たっくん、大丈夫？」

「うん、少し困っている」

「そうなの？」

「佑司」

彼はしゃがんで、ぼくの顔に自分の顔を近づけた。

「なに？」

「まだ、ポケットの中にはお金が残っている？」

「うん。ポップコーン買ったけど、まだ残ってるよ」

「じゃあ、お願いがあるんだけど」

「うん」

「ここからひとりで自転車に乗って、近くのコンビニエンスストアーまで行って、何か食べるものを買ってきて」

「食べるもの？」

「うん。パパ、電池切れになっちゃった。また動かすには新しい電池を入れなくちゃ」

「そうなの？」

「うん。できるかな？」

「できるよ」

「じゃあ、行ってきて」

「わかった」

佑司は立ち上がり、子供用自転車をアスファルト道まで押していった。そしてサドルにまたがると、振り返ってぼくを見た。

「たっくん？」

「うん」

佑司の鼻がまた赤くなっていた。

「たっくん、死なない？」

「大丈夫、死んだりしないよ」

「ほんとに？」

「ほんとだよ」

佑司は言葉の真偽を確かめようとしているみたいに、しばらくのあいだ、じっとぼくの目を見ていた。ぼくは努力して、なんとか笑顔をつくった。

「じゃあ、行ってくるね」

やがて佑司が言った。

「うん、たのんだよ」

佑司はペダルを踏み込み、走り出した。

「佑司！」

ぼくが呼び止めると、ブレーキを鳴らして自転車を停めた。

「なあに？」

「分かってると思うけど、買うのは電池じゃないからね」

「そうなの？」

（彼の『そうなの？』は一種の条件反射のようなもので、そこから何か意味を酌《く》み取ろうとするのは危険だ。それにしても――どうなのだろう？）

「買ってくるのは食べるものだよ。何か甘いものがいいな」

「うん」

「できるなら」

「うん？」

「クッキーアイスがいいんだけど」

「わかった。たっくん、あれ好きだもんね」

「ああ」

「行ってくる」

「うん」

そして彼はペダルを目一杯回して、ものすごいスピードで遠ざかっていった。ぼくは慌てて声をかけようとしたが、彼の耳の悪さを考え諦《あきら》めた。

「そんなに飛ばしちゃ――」

ぼくは再び土の上に横になった。

「危ないよ……」


背中に感じる土の冷たさと草の匂《にお》いだけが、現実世界とぼくを繋《つな》いでいた。なかば失いかけた意識の中で、ぼくは佑司の無事を祈り続けた。

彼が車にはねられる光景が幾度《いくど》も脳裏に映し出され、そのたびに胸がきりきりと痛んだ。

心臓の拍動《はくどう》はトレモロを奏でていた。それにときおり変拍子が加わり、なんだかとてもつらかった。

「澪」とぼくは心の中で呼びかけた。

返事は無かった。

「澪」

試しにもう一度呼びかけてみたが、やっぱり返事は無かった。何故《なぜ》だか分からず、ぼくはすごく悲しかった。

「たっくん？」

佑司の声に意識が蘇《よみがえ》った。

「クッキーアイス買ってきたよ」

彼は汗をびっしょりとかき、肩で息をしていた。

「よかった……」とぼくは言った。

「何が？」

「うん、いいんだ。今度からはあんなに自転車でスピードを出しちゃだめだよ」

「でも」

「うん、だから、もういいんだ。ありがとう」

ぼくは半身を起こし、彼が買ってきてくれたクッキーアイスを食べた。あまりの冷たさに、身体《からだ》ががたがたと震えた。温かいものを頼めばよかったと後悔したが、黙ってそのまま食べた。

アイスが分解吸収され、体中に巡るまでにはまだ時間が必要だった。ぼくはまた仰《あお》向《む》けに寝ころんだ。佑司も隣で同じように寝ころんだ。

　空はすでに紺藍《こんあい》の天幕に覆われていた。星たちは、電池の切れかかった懐中電灯みたいにちかちかと瞬《またた》いていた。

「だいじょうぶ？」と佑司が訊《き》いた。

「うん、まだ、ちょっとだけつらいかな」

「そう？」

「うん」

「じゃあさあ」

「うん？」

「うたを歌うといいよ」

「何それ？」

「ママが教えてくれた」

「知らなかった」

「まあね」

「何がまあね、なんだ？」

「なんでもいいでしょ？」

「いいけど」

「怖いときとか、痛いときとか、これを歌えばがまんできるって」

「ママが？」

「言ってたよ」

「じゃあ、教えてよ」

そして彼は澄んだ細い声で歌い始めた。

ひとりのぞうさん　くもの巣に
かかって遊んで　おりました
あんまりゆかいに　なったので
もひとりおいでと　よびました

ふたりのぞうさん　くもの巣に
かかって遊んで　おりました
あんまりゆかいに　なったので
もひとりおいでと　よびました

「ちょっと待って」

「なに？」

「この歌って、どこまで象さんが増えていくの？」

「どこまでも。自分がもうだいじょうぶになったと思うまでだよ」

ぼくは巨大な蜘蛛《くも》の巣に、ひしめき合って遊んでいる何百匹もの象を頭に思い浮かべた。

「象はほんとにゆかいだったのかな？」

「そうなんでしょ？　だから友達を呼んだんじゃないの？」

ふむ。

「いっしょに歌って。そしたらよくなるから」

「わかった」

　3人のぞうさん　くもの巣に
かかって遊んで　おりました
あんまりゆかいに　なったので
もひとりおいでと　よびました——

我々は65人のぞうさんが、蜘蛛の巣に引っかかるまで歌い続けた。
そして最後はこう。

65人のぞうさん　くもの巣に
かかって遊んで　おりました
あんまりおそく　なったので
おうちにかえろと　いいました

「たっくん、ぐあいよくなった？」

「あれっ？」

「なに？」

「ほんとだ。いつのまにか治ってたよ」

「ね？」

「うん」

「すごいでしょ」

「たしかに」

「うちらも遅くなったから帰ろうか？」

「うん」

ぼくらは二人並んで、夜の道を自転車を押しながら歩いた。カエルたちがやけに嬉《うれ》しそうに鳴いていた。何かいいことでもあったのだろうか？

　佑司が言った。

「ママに会いたいね」

「そうだね」

　しばらくしてから、また佑司が言った。

「ぼくのせいでママ死んじゃったの？」

「ちがうよ」

「ほんと？」

「ほんと。なんでそんなふうに思ったの？」

「なんでも」

　さらにしばらくしてから、今度はぼくが言った。

「ほんとに違うからね」

「わかってる」

「ならいい」

「うん」


　いずれは彼も本当のことを知るときが来ると思う。口さがない人間はどの一族にもいるものだ。現に彼はぼんやりとではあるが、真実の輪郭をつかみかけている。おそらく、お節介な誰かに何かを言われたのだろう。だが、真実を知るには、彼はまだ幼すぎる。しばらくのあいだ、ぼくは嘘《うそ》をつき続けようと思う。できれば、この小説を読んだときに初めて、彼が真実を知ることになればいいと、ぼくはそう考えている。

それに、真実は「佑司のせいで澪が死んだ」というのとは、少し違う。何かひとつの結果が在《あ》ったとき、その原因をどれだと断定することは難しい。

たしかにルーレットのボールは黒の13に入った。だが、その理由はどこにあるのだろう？　これをひと言で説明することは不可能だ。そしてぼくらの世界だって、このルーレットとなんら変わることはないのだ。


たしかに佑司は極め付きの難産だった。

妊娠中から様々な不具合は生じていたし、体力の落ちていた澪が出産の際に、わけの分からない注射を何本も打たれたのも事実だ。カエサルのごとく、産道ではなく医師の手によって開かれた隙間《すきま》を抜けて出て来るという手段も考えられたが、結局彼は30時間かけて正規のルートを通ってこの世に現れてきた。まったくもって元気な赤ん坊で、体重は３９００gもあった。

一方の母親はひどく衰弱していた。身体の中にある様々な器官、濾《こ》したり、分解したり、中和したりする器官がうまく働かなくなった。

彼女はこの5年後にこの星から去っていったが、そのときに抱えていた身体の不具合と、この出産の時に陥ったいくつもの機能不全とのあいだに、どのような関係があったのかはよく分からない。だって、彼女はこの後すごく元気になったし、普通の母親、妻として、普通に生活していたこともあったのだから。だから、佑司のせいで澪が死んだというのは、真実とは言えない。

仮に、この出産の時に生じた何かが、5年後に彼女の命を奪ったのだとしても、それを「佑司のせいだ」と言うことはできない。

彼は何もしていない。

ぼくと澪が望んで彼をこの世界に迎え入れたのだ。そのとき、彼はまだ呼吸もしてなかったし、目も開いていなかった。彼は地上に届く前の雪のように無垢《むく》だった。

だから、このことで佑司が苦しむようなことがあってはならない。

5

翌日、ぼくらはいつものように森に向かった。

造り酒屋の工場は今日も「ゴン、ゴン、シュー」と唸《うな》っている。空は灰色の厚ぼったい雲に覆われていた。森の奥から吹き来る風は、雨の匂《にお》いがした。

「降るかもしれないね」

「え？」

ぼくは走る速度を落とし、佑司の横に並んだ。

「雨の匂いがする。降るかもしれない」

佑司はくんくんと鼻を鳴らした。

「よくわかんない」

「少し急ごう」

いつもは出来る限り遠回りをして、充分な距離を走ってから工場跡に向かうのだけれど、今日のぼくらは最短のルートで目的地を目指した。

森の中は暗かった。コナラやエゴノキの葉が天蓋《てんがい》のように二人の頭上を覆っていた。幾重《いくえ》にも積もった落ち葉が、踏み締めるたびに湿った音をたてた。

鳥は鳴いていなかった。何か言葉を口にするには、あまりに憂鬱《ゆううつ》な空模様だったからなのかもしれない。

静かだった。

ときおり、思い出したように吹き付けてくる風が木々の梢《こずえ》を揺らし、ザッと、豆をまいたような音をたてた。前に来たときには無かった倒木が小径《こみち》をふさいでいた。ぼくは佑司を手伝って自転車を持ち上げ、それを乗り越えた。

やがて森は終わり、工場の跡地にぼくらは出た。空はさらに暗くなっていた。

と、まず最初の一滴が、ぼくの頰《ほお》をかすめ肩に落ちた。

「降り出したね」

雨足はすぐに強くなった。コンクリートが雨に濡《ぬ》れて、すごく懐かしい匂いを立ち上らせた。広大な工場の跡地には、雨宿りできるような場所は何処《どこ》にもなかった。これなら森の中のほうがまだましだった。

ぼくは来た道を戻ることに決め、佑司に声をかけた。

「さあ、帰ろう」

しかし、彼はぼくの声を聞いていなかった。濡れた髪が貼《は》り付いた額をぐっと前に突き出し、彼はおそろしく真剣な表情で何かを見ていた。目と眉《まゆ》を近づけ、彼にしてはずいぶんと大人びた眼差《まなざ》しで一心に見つめている。

ぼくは彼の視線の先を辿《たど》った。

雨に煙る灰色の風景の中に、一点だけ淡い色彩が在《あ》った。それはちょうど、ただ1か所だけ残った壁、＃5と書かれたドアの前だった。睫毛《まつげ》の雫《しずく》を指先ではらい、もう一度目を凝《こ》らしてみる。それはすぐにそれと分かる懐かしい輪郭だった。

見間違いようがない。

澪だ。

彼女が桜色のカーディガンを羽織って、ドアの前にうずくまっている。ぼくは、ゆっくりと佑司を見下ろした。彼もぼくを見上げていた。目を大きく見開き、口をOの字に開いている。

佑司はとっておきの内緒話をする時みたいに、小さな小さな囁《ささや》き声でぼくに言った。

「たいへんだよ、たっくん」

彼は何度もせわしなく瞬《まばた》きを繰り返した。

「ママが」と佑司は言った。

「ママがアーカブイ星から帰ってきちゃった」

ぼくらはおそるおそる彼女に近付いていった。怖いからではない。自分の妻の幽霊を怖れる夫はいない。ほんのちょっとした空気の揺らぎのようなものが、彼女の存在をかき消してしまいそうな気がしたからだ。

佑司もきっと同じ思いだったのだろう。いきなり駆け寄って澪に抱きつくようなことはしなかった。

あるいは、幸福の儚《はかな》さを本能的に知っていたのかもしれない。

一方でぼくは、良識ある大人としての常識的解釈にしがみつくことも忘れていなかった。

そっくりさん説。

双子みたいな他人だとか、他人ではない本当の双子だとか。他人だとしたら幽霊の存在と同じぐらいに信じられないそっくり具合だったし、双子だとしたら、ぼくが知らないはずがない。彼女には妹と弟がいるが、他人のように似ていない。むしろ血の繋《つな》がらないぼくのほうがよほど兄のように見える。仮面を被《かぶ》され幽閉されていた双子の妹がいたという話も聞いていない。

彼女が実は生きていた説。

それは無いと思う。

すごく魅惑的な考えだが、ちょっと無理だ。

だとしたら、ぼくは誰《だれ》か他の女性の最期《さいご》に立ち会い、誰か他の女性の葬儀に出席し、誰か他の女性の墓に語りかけていたことになる。

ぼくはそこまでマヌケではない。

ほかにも、エイリアン説やクローン説なども浮かんだが、デイビッド・ドゥカブニー――もとい、モルダーなら信じるだろうが、ぼくにはちょっと信じられない。

彼女に少しずつ歩み寄りながらそんなことを考えていたのだけれど、やっぱりこの目の前にいる女性が妻の幽霊である考えが、ぼくには一番しっくりときた。

だって彼女はぼくにこう言っていたのだから。

『またこの雨の季節になったら、二人がどんなふうに暮らしているのか、きっと確かめに戻ってくるから』

だから彼女は約束を守って、こうやって6月の雨の日にぼくらに会いに来てくれたんだ。

もう間もなく手も届くだろうという距離まで近付いたとき、ぼくははっきりと見た。

うずくまる彼女の右の耳朶《みみたぶ》に小さなふたつのホクロがあるのを。そして、閉じた唇の間からのぞく八重歯《やえば》の白い先端を。

彼女は澪によく似た誰かではなく、双子の妹でもなく、クローンでもなかった。

彼女は澪そのものだった。

そういう表現が間違っているというのなら、こう言い換えてもいい。彼女は澪の心と外観と、そしておそらくその記憶をも備えた何らかの存在だった。幽霊と言うにはやけにリアルで、くっきりとした輪郭を持ち、おまけにいい匂いまでした。

あの懐かしい髪の匂い。

例えるものがないので「あの匂い」としか言いようがない。それは、彼女がぼくに向けて放つ親密な言葉のようなものだ。

世界にひとつだけの言葉。

それをぼくは今また感じていた。


彼女はぼくらに気付いた様子もなく、ただぼんやりと自分の足下《あしもと》ではじける雨の雫を見つめていた。よく見ると、ぼくらのもとを去ったあの頃《ころ》の彼女よりも、幾分頬がふっくらとしている。それは病気が悪くなる前の彼女の顔だった。健康的で若々しく見える。

ちょっと矛盾している。

健康的な幽霊というのは、利他的な金融家とか、あるいはポジティブシンキングのウディ・アレンとかと同じぐらい矛盾した言葉だ。あるいは、幽霊がこの世界に戻ってくるときは、その人間がもっとも幸福だったときの姿を見せるのかもしれない。

桜色のカーディガンの下はプレーンな白のワンピースを着ていた。アーカイブ星で支給された服なのだろうか？　やっぱり、あちらの人々はみんな白い服を着ているのだろうか？　昔から幽霊といえば白い着物が定番だったが、やはり最近では当世風《とうせいふう》な装いに変わってきたのだろうか？

「ママ？」

佑司がこらえきれずに、震える小さな声で彼女を呼んだ。

澪は初めてぼくらの存在に気付き、その顔を上げた。感情の失《う》せた中立的な眼差しで二人を見る。ゆっくりと目を閉じ、また開き、それから少し首をかしげる。

その細かな仕草のひとつひとつが、あまりに懐かしく、愛《いと》おしく、ぼくは泣き出しそうになった。たとえ幽霊だって、ぼくの妻であることにかわりはない。そして、もちろんその愛しさも。

ぼくはそっと手を伸ばし、その存在を確かめようとした。彼女は少し怯《おび》えたような表情になり、身をこわばらせた。

何か不都合があるのだろうか？　人に触れられることが規則違反になるとでも？

しかしぼくは、自分の衝動を抑《おさ》えることができず、そのまま彼女の肩に手をかけた。

何か起きるかと思ったが、何も起きなかった。

ぼくの手にあるのは彼女の薄い肩の感触で、雨に濡れてはいたけれど、それでも微《かす》かな温《ぬく》もりすら伝わってくる。そのことにぼくは軽い驚きを覚える。たとえばそれが、この6月の雨よりも冷たい感触だったとか、あるいは、あるはずの肩のかわりにぼくが掴《つか》んだのは、桜色の霞《かすみ》だったとか、そのほうが何だかありそうなことのように思えた。

いずれにせよ、彼女はここに存在し、いい匂いを漂わせ、ぼくの心を激しく揺さぶっていた。

佑司もおずおずと澪に歩み寄り、小さな手を伸ばすとカーディガンの裾《すそ》を遠慮がちに掴んだ。彼女は佑司に微笑《ほほえ》もうとしたが、頬がこわばり、何だか中途半端な表情だけがそこに残った。

何だろう？

この奇妙な違和感は。

ぼくは少し不安になって、彼女の名を呼んでみた。

「澪？」

彼女はぼくを見遣《みや》り、その薄い唇をそっと開いた。大きな八重歯が現れる。

「みおって」

彼女は言った。

「それが私の名前なの？」

細く高く、少し語尾が震えるあの懐かしい声だった。

ぼくはまずその声の懐かしさにますます泣きたくなり、それからその言葉の意味に涙も引っ込むほど驚いた。

「私の名前なのって」とぼくは言った。

「憶《おぼ》えてないの？」

「ん？」と佑司が言った。

「そうみたい」と澪が言った。

「そうなの？」と、また佑司が言った。

「私、何も憶えてないの」

「何もって」

ぼくは意味もなく両手をぐるぐると回した。

「何も？」

「そのようね」

クジがハズレてがっかり、みたいな自嘲《じちょう》的な笑みを彼女は浮かべた。

「それで？」と彼女は訊《き》いた。

「あなたたちは誰？」

「誰って」

何だか釈然としない気持ちで、ぼくは彼女に言った。

「ぼくはきみの夫で、佑司はきみの息子だよ」

「そう、ムスコ」と佑司が言った。

「うそ」と彼女が言った。

「ほんと」とぼく。

「ほんとだよ」と佑司。

「ちょっと待って」

澪はぼくらの言葉を押し止《とど》めようとするかのように手のひらを突き出し、もう一方の手で自分の頭を抱えた。

「私、気付いたときにはここにいたの」

彼女は目を閉じ、真剣な表情で記憶を手繰《たぐ》っていた。

「10分ぐらい前かしら。それで、ずっと考えていたんだけど、何も思い出せないの。

ここが何処で、何で私がここにいて、そしてそう考えている私自身が誰なのかも」

この話を聞いて、ぼくは考えた。つまり、彼女は10分ほど前にこの地上に舞い降りた。そのとき、どうやら全ての記憶をアーカイブ星に置いてきてしまったらしい。（多分と言うことは、彼女は自分が幽霊であることさえも忘れてしまっている。――）

だから、つまり、どういうことだ？

「私は今日ここに、あなたたちと一緒に来たの？」

「そうだよ」

とっさの判断で、ぼくはそう答えた。

「え？」と佑司が言った。

ぼくは彼の細い首筋を摑んだ。

彼は黙った。

「ぼくらは3人でここに来た。いつもの日曜日の散歩だよ」

「そう？」

「うん」

ぼくは頷《うなず》いた。

「それで、ちょっとぼくと佑司はきみと離れて森の中で遊んでいた。そして戻ってきたら、きみはこの状態だった。きっと転んで頭をどこかに打ち付けたんじゃないかな」

「つまり、そのショックで私は記憶喪失になったってこと？」

「そうみたいだね」

「そうなの？」と佑司が訊いた。

ぼくは首筋を掴む手に力を込めた。

彼は黙った。

「とにかく、一緒にうちに帰ろう。そのうちきっと記憶も戻ってくるよ」

「そうかしら？」

「そうだよ」

彼女はゆっくりと立ち上がった。濡れたワンピースが腿《もも》に貼り付き、裾からは雫が落ちていた。

「さあ、急いで帰ろう。冷えたら風邪《かぜ》をひくよ」

「そうね」

何も知らないなら、いっそそのほうが幸福だ。辛《つら》い記憶をわざわざ思い出させることもない。

それに、ぼくは彼女が言っていたある言葉を思い出していた。『雨の季節になったら戻ってくるから』と言った、あのときの最後の言葉だ。

彼女はこう言ったのだ。

『そうね。雨とともに訪れて、あなたたちがしっかりと暮らしているのを見届けたら、私は夏が来る前に帰ることにするわ。だって、私は暑いのが苦手だから』

自分がどこから来たのか忘れたままなら、もしかしたら彼女はアーカイブ星に帰ることも忘れていてくれるかもしれない。そうすれば、ぼくらはずっと一緒に暮らしてゆける。

ぼくと佑司と、そして澪の3人で。

3人が一緒にいられるなら、妻が幽霊なことぐらい大した問題じゃない。

ほんとに。


森の小径を澪と佑司が並んで歩き、ぼくは後ろから自転車を押しながらついていった。最初そわそわと落ち着かないそぶりを見せていた佑司は、やがて意を決して、その手を彼女に向けて差し伸べた。気付いた澪がすぐにその手を掴んだ。佑司がはっとして、澪の顔を見上げた。彼女は優しく微笑んで見せた。その途端、ついに堪《こら》えきれなくなった佑司が声をたてて泣き始めた。

無理もない。1年ぶりに母親の手に触れたのだから。

彼女が振り返り、どうしたの？　という顔をぼくに向けた。

「いずれわかると思うけど」

ぼくは言った。

「佑司はものすごい泣き虫なんだ」

こう言っておけば、これから先佑司が不自然なタイミングで泣き出したとしても言い訳になる。

「少し動揺しているんだよ。きみの記憶が消えてしまったから」

「そうなの？」

しゃくり上げながら佑司が訊いた。

ぼくは彼を無視して続けた。

「だから、深く考えずに優しくしてあげて。今までもきみはずっとそうしてきたんだから」

わかった、というふうに頷き、そして彼女は佑司の細い肩に手をかけ抱き寄せた。彼は母親の温もりを感じながら、涙酔いとでもいうべき心地よい酩酊《めいてい》の中に浸っていた。

思えば、彼はもうすでに一度、母親との別離を経験している。再び巡り会えた母親とも、やがてまた別離の日が来るのだとしたら、この再会には初めから悲しみが用意されていることになる。

『夏が来る前に』と彼女は言っていた。

その言葉が真実ならば、与えられた時間は少ない。

（いまのうちに思い切り甘えておくんだ）

ぼくは、澪のワンピースの裾を握りしめ、彼女の腰に顔を押しつけ、しゃくり泣きしている佑司にそっと言った。

6

アパートに帰り着くと、ぼくは澪を奥の部屋に連れて行き、クローゼットのどの引き出しに何が入っているかを教えた。彼女の服は1年前からずっと同じ場所に収まったままになっていた。

ぼくと佑司は手前の部屋で手早く着替えを済ませ、それから二人でトイレにこもった。澪に聞かれずに話をするのに、ここしか思いつかなかったのだ。

佑司が便器に座り、ぼくは彼と向かい合うようにドアを背にして立った。

「いいかい」

ぼくは声をひそめて言った。

「ママは何も憶《おぼ》えていないんだ」

「そうなの？」

「うん。パパや佑司と暮らしていたときのことも、それに結婚する前のことも」

それに、と言ってぼくは小さく咳払《せきばら》いをした。

「その――――自分が1年前に病気でこの星を去っていったこともね」

「うん」

「だから、そのことを秘密にしておこうと思う」

「どのことを？」

「どのことって、だから、ママはどこにも行かずに、ずっと佑司とパパと3人でこのアパートで暮らしていたっていうことにしたいんだ」

「昨日も？」

「そうだよ」

「その前の日も？」

「そう」

「もし、ママにきかれたら何て言えばいいの？」

「何を？」

「いろんなこと」

「うまくやってくれ」

「できないかも」

「そのときは泣いて誤魔化《ごまか》すんだ。いきなり泣いちゃえばいいよ」

「そうなの？」

「うん。せっかく戻ってきてくれたんだから、あんなふうに悲しい別れ方をしたなんてこと、知らないほうがいいと思うんだ」

「ぼくもそう思うよ」

「だよね？　それに、もし本当のことを知ったら、ママはアーカイブ星に帰らなくちゃって考えるかもしれない」

「やだよ」

「そう思うなら、がんばれ」

「うん、やってみる」

健闘を誓い合うハイタッチを交わすと、ぼくはドアを開き外に出た。

すぐそこに澪が立っていた。

ものすごく驚いたけど、ぼくは驚いていないふりをした。でも、すごく驚いていたので、もしかしたら、ただたんに驚いていないふりをしているようにしか見えなかったかもしれない。

話を聞かれてしまったのだろうか？　彼女の表情をうかがう。

「このうちの男の人たちは、一緒にトイレを使うの？」

大丈夫みたいだ。

「まあ、そうだね。うん、たまにかな。急いでいるときとか、そうすることもある。今もそう」

彼女はちょっと怯《おび》えたような表情になった。

「じゃあ、これは？」

彼女は部屋の中央に向けて手を差し伸べた。

「これは、って？」

「どうして、こんなにいろんなものが散らかっているの？」

「散らかってる？」

それは、ぼくから見れば充分に整理され、機能的に配置された状態だった。その日着る部屋着は、ひとまとめにして部屋の北の隅に積み上げてある。取り込んだ洗濯物は、その隣の山。汚れた服は、それらと混じらないように南側に寄せてまとめてある。

本棚に収まりきらない本やコミックは、作家別にしてスーパーのビニール袋に入れて並べて置いてある。

収集日に間に合わなかった「燃えるゴミ」の袋が二つほど窓際に置かれているが、それだって「散らかっている」という言葉にはあてはまらない。

全ては統制された秩序のもと、在《あ》るべき場所に収まっている。

「確かにいろんな物が床の上に置かれているけど」とぼくは言った。

「これはこれで、ちゃんと意味のある配置なんだよ」

「私がこんなふうに置いたの？」

「あ」とぼくは言って、それから「いや」と続けた。

つまりはそういうことだ。慣れていない嘘《うそ》をつくと、こうやって最初からぼろが出る。

「これは——ぼくが、置いた」

その、と頭をかき、あの、と咳払いをして時間を稼いだ。

「あれだよ。澪はこのところずっと体調が悪くてさ、家事が出来る状態じゃなかったんだ」

「そうなの？」

「うん、1週間ぐらいずっと横になっていたんだ」

「だから、洗濯もろくに出来なくて、あなたはそんなに汚れた服を着ているというわけ？」

　ぼくは自分が身につけているトレーナーを見た。

「汚れているかな？」

「きれいとは言えないでしょうね。何日目？」

「まだ、3日目なんだけど」

「もう少し、食べるときのお行儀を良くすれば、これほどにはならなかったかもしれないけど」

　それに、と彼女は洗濯物の山を指さした。

「きちんと叩《たた》いてから干さないから、シャツが皺《しわ》だらけだわ」

「叩く？　何処《どこ》を？」

　もういい、というふうに澪はかぶりを振った。

「でも、どうして1週間も寝込んでいたのに、今日、私はあんな場所まで散歩に行ったの？」

「リハビリ」

「そう？」

「――――多分」

「その、これは我が家の習慣だから、無理してでも行くって、きみが」

「多分？」

「言ったの？」

「言ったみたい」

ふう、と澪は溜《た》め息をついた。

「私」

彼女は自分の胸に手をあて、ぼくに顔を近づけた。

「ほんとに、あなたの奥さんなの？」

「ほんとだよ。多分でもなく、みたいでもなく、ほんとのほんと」

彼女は、なんで私はこんな人の妻になったんだろうという、自分自身に対する深い疑念にとらわれているような顔になった。

「けっこう、うまくいってたんだよ」

言わずもがな、だ。彼女はよけい不信感を募らせた。ぼくに対してなのか、自分に対してなのかは分からないけど。

「名字は、なんていうのかしら？」

「秋穂《あいお》」

「じゃあ、私は秋穂みお？」

「そう。澪は水の緒《お》の澪っていう字」

「秋穂澪……」

「そう」

「年は幾《いく》つなの？」

「29歳、ぼくと一緒だよ」

「29歳」

しかし、彼女の人生は28歳で一度その幕を下ろしている。29というのは、来るはずのない彼女の未来だった。しかもいま、ぼくの目の前に立つ彼女は、それよりもはるかに若く見える。


ほんとに若い。

ヴォネガットも、あっちに行った人々は自分の好きな年齢を選べるんだって言っている。

『ジェイルバード』という小説の中に出てくる彼の父親は、天国では9歳になっている。父親はいつもいじめっ子たちにからかわれ、ズボンとパンツを脱がされている。脱がせたパンツをいじめっ子たちは井戸みたいな形をした地獄の口に放り込む。遠い下の方からは、ヒトラーやネロやサロメなんかの悲鳴が聞こえてくる。

ヴォネガットはこう書いている。

『察するに、ヒトラーはすでに最大の苦しみを味わっているだけでなく、周期的にわたしの父のパンツを頭で受け止めているらしい』

とにかく、ぼくが思ったことは、戻ってきた妻が9歳でなくて良かったということ。

「佑司くんの年は幾つ？」

彼女が訊《き》いた。

「え？」とトイレの中から声がした。

「6歳だよ。小学校の1年生」

ぼくが答えた。

彼女が佑司を「くん」付けで呼ぶのはすごく変な感じだった。とても親しい人間なのだけど、妻でない誰《だれ》かのような感じがする。子供の頃《ころ》からよく知っている従姉妹《いとこ》かなんかのような。

「私はつまり、6歳の子供を持つ、29歳の主婦というわけね」

「そういうことになるね」

「全然そんな気がしないんだけど」

「だよね」

「私はあなたを好きだったのよね？　結婚したくなるぐらい」

それが最大の謎《なぞ》だというような顔つきだった。

「信じられないかもしれないけど、そうなんだ」

何だかぼくも自信が無くなってきた。だいたいぼくみたいな人間を何故《なぜ》、彼女は選んだのだろう？　彼女でなくても不思議な気がしてくる。

「私たちは、どこで知り合ったの？」

「高校だよ。15歳の春にぼくらは出会ったんだ」

「じゃあ、同級生だったのね？」

「そうだよ。3年間ずっと一緒のクラスだった」

彼女の顔に好意的な微笑《ほほえ》みが浮かんだ。

「お願い、そのときの話を聞かせて？」

「そうだね」

ぼくはにっこり笑って（持ち合わせの中の最高の笑顔で）、はるか昔、無邪気な神話時代の幸福な出会いについて語り始めた。

「そう、ぼくらが出会ったとき――」

そこでトイレの水を流す音がして、佑司が出てきた。

「ああ、すっきりした」

どうやらついでに本来の機能も利用してきたらしい。

「私のぼうやのシャツは」

濡《ぬ》れた手を胸で拭《ふ》いている佑司を見ながら澪が言った。

「何日目なのかしら？」

「4日目じゃないかな」

ほんとは5日目だった。

「そう？」

「そうだと、思う」

「もうちょっと行儀よくごはんを食べられないのかしら？」

「ほんとにあいつったら」

「あなたも」

「あ、そう」


なので、二人は夕食を行儀よく食べた。

メニューはぼくが手早くつくったミートスパゲッティだったが、我々は挽肉《ひきにく》の粒ひとつテーブルに落とさなかったし、もちろんシャツを汚すこともなかった。

すばらしい。

澪もあたりまえのようにスパゲッティを食べた。そのあとトイレにも行った。あまりに幽霊らしくない行為だったが、本人が自覚してないのだから、当然のことなのかもしれない。

食事のあと、澪は疲れたと言って、奥の部屋にフトンを敷いて横になった。彼女は混乱していたし、混乱は人をひどく疲れさせる。

佑司はそそくさと彼女の横に自分のフトンを並べて敷くと、『モモ』を抱えてもぐり込んだ。とにかく、彼女のそばにいられるだけで幸せなのだろう。

こちらの部屋から見ていると、彼は本を読むふりをしながら、ちらちらと隣の澪の様子をうかがっていた。そして、そこにまだ彼女が存在していることを確かめると、安堵《あんど》と幸福の溜め息をその小さな唇の隙間《すきま》から漏らすのだった。

ぼくは着ていたトレーナーを脱ぐと、佑司のシャツとともに洗濯機に放り込んだ。さして気にしていなかったことだが、どうやらコーラやソースの染みがついたままの服を着ているのは、間違ったことらしい。そんなこと誰も教えてくれなかった。澪がいた頃は、黙っていても常に清潔できちんと折り目のついた洋服が目の前に置かれていた。

佑司と二人きりになって、出来る限りのことはしてきたつもりだったけど、どうやらぼくの出来る限りは、世間相場の5割にも満たないものだったらしい。

この広い世界のどこかには、完全無欠の父子家庭というものがあって、そこでは父親と子供は皺も染みもない清潔な服を着ていて、住んでいる部屋はシリコンチップ工場のクリーンルームみたいに塵《ちり》ひとつ無く、それで週末になれば父子《おやこ》して車で郊外のシネマコンプレックスに出かけて、二人でポップコーンをほおばりながらディズニーアニメでも観《み》るのだろう。

すばらしい。

ぼくには望むべくもないし、できないことを望むのは、もうずっと昔にやめてしまった。ぼくは、平均的な人間からいろんなものを差し引いた残りで出来ている。だから、やっぱり、佑司を平均的な家庭の子供のように育てることはきっとできない。

それでも努力はしている。

気付くべき時に気付かなかったり、憶えているべきことを忘れてしまったり、あまりに疲れていて、すべきこともせずに眠ってしまったりするけれど、それでも、少しずつ良くしていこうとがんばっている。

そんなぼくを彼女はどんなふうに見るのだろう。

そもそも彼女がこの星に戻ってきたのは、ぼくと佑司がちゃんと暮らしているか、それを確かめることが目的だったはずだ。彼女がそれを憶えていたら、いったいどんな感想を口にするのだろう。

ふう、と溜め息をついて、やっぱりね、と言うんだろうか？

まあ、えらいわ、がんばったのね、と言わないことだけは確かだ。

10時過ぎになり、ぼくはシャワーを浴びて、パジャマに着替えた。何度も夜中に目が覚めてしまうので、このぐらいにフトンに入らないと、昼間がつらくなる。

ぼくにとって眠りとは、巨大なビルの中を果てしなく歩き回る夢の巡礼のようなものだ。

ビルには幾千《いくせん》もの部屋があり、ぼくはその中で灯《あか》りが漏れている部屋を見つけると、ドアを開け中に入る。部屋には古びたＴＶが置かれていて、ぼくはソファーに座ると、そこに映し出されるＢ級映画みたいな夢をしばらく眺めて時間を過ごす。しかし、そのうち意地悪な誰かがやってきて、いつもＴＶの電源を落としてしまう。

パチン。

ぼくは、しかたなく立ち上がると暗くなった部屋を出て、また次の夢を求めて歩き始める。

そうやって、夜は過ぎていく。

パチン。

この音で目覚め、また次の夢を探しに行く。

パチン。

パチン。

すごく疲れる。


ぼくは隣の部屋の澪に声をかけた。

「具合はどう？」

ぼんやりと佑司を見つめていた彼女は、ゆっくりと視線を上げたが、それはぼくの顔までは届かなかった。彼女の視線はぼくと佑司の間の曖昧《あいまい》な空間を漂った。

「頭が痛いの」

「熱があるのかな？　あれだけ雨に濡れたから風邪《かぜ》をひいたのかも」

彼女は肯定とも否定ともつかない不明瞭《ふめいりよう》な頷《うなず》き方をした。

「どうなのかしら」

「そっちに行ってもいい？」

パジャマ姿で彼女の側《そば》に行くことは、すこし慎《つつし》みに欠ける行為のように思えた。それはもちろん、心情的には彼女にとってぼくが初対面の人間であるという、その事実によった考えだ。それに1年ぶりで、ぼくにもいささか照れがあった。

「どうぞ。あなたの寝室でしょ」

ぼくは、澪の枕元《まくらもと》まで歩いてゆき、膝《ひざ》をつくと彼女の額に手を当てた。微《かす》かに熱があるような感じがした。幽霊も風邪をひくんだろうか？

「熱があるかも。微熱だけど」

「平気よ。眠れば治るわ」

「そう？」

「ええ」

すごく不思議な気分だった。

彼女の額に触れたときの感触。温《ぬく》もり。彼女の匂《にお》い。いつか交わしたかもしれない、何気ない会話のリフレイン。

彼女が1年も前に死んでしまっていることが嘘みたいな気がする。ぼくは、もしかしたらハリウッドの難病もの映画みたいな夢を見ていて、たったいま目覚めたところなんじゃないだろうか？

パチン。

しかし、彼女の言葉がそれを否定する。

「かわいい子ね、佑司くん」

ぼくは、何だか悲しくなり、乾いた声で彼女に告げる。

「きみの子供だよ」

「そうね。早くそのことを思い出せればいいんだけど」

「大丈夫だよ」

「ええ」

もしかしたら、とぼくは考える。彼女はこの星を去るときに、記憶を置き去りにしてしまったのかもしれない。彼女の記憶はまだこの部屋に残されている。だとしたら、さぞかしアーカイブ星では苦労したことだろう。あの星の住人たちは、「誰か」のために本を書かなくてはならないのだから。

記憶のない人間は、記憶がないことの空虚さについて書くことぐらいしかできない。あまりおもしろい本とは言えないだろう。

もう一度、あの星に帰るときに携《たずさ》えて行けるように、彼女にはたくさんの思い出を語ってあげることにしよう。そして、ぼくや佑司のことを本に書いてもらおう。「誰か」に読んでもらうために。

佑司は『モモ』を抱えたまま眠ってしまっていた。小さな口を少しだけ開き、青い静脈の透けた薄い瞼《まぶた》を閉じて、健《すこ》やかに眠っている。つまり気味の鼻から、ズー、ズーと、濁った寝息が聞こえてくる。

幸福な王子。

いい夢を見ているのだろう。

ぼくは、そっと佑司の手から『モモ』を引き抜いた。彼の本棚になっているカラーボックスに戻す。

「じゃあ、おやすみ」

ぼくは隣の澪に言った。

「おやすみって、あなたはどこで寝るの？」

「あっちの部屋にフトンを敷いて寝るよ」

澪はゆっくりとかぶりを振った。

「ここで寝て。佑司くんの隣で。毎晩そうしてたんでしょ？　私たち3人が川の字になって」

「そうだけど――――」

本当はそうじゃない。ぼくらはずっと二人きりだった。

ぼくの隣に佑司。

「リ」の字になってぼくらは寝ていた。

「かまわないの？　その、気持ちの上では、ぼくはきみにとって今日初めて出会った男性になるんだろうから」

「大丈夫よ。自然に、いつもどおりにしていたほうが、きっと記憶も早く戻るような気がするの」

　きみは、もしかしたら思い出すべき記憶を、永遠に失ってしまったかもしれないんだ。

　その命とともに。

　そんな言葉が口の端《は》で泳いだが、ぼくはそれを飲み込んだ。

「じゃあ、そうするよ」

　ぼくは佑司を間にはさんで、澪と並ぶようにフトンを敷いて横になった。照明のヒモを引っ張って蛍光灯を消し、オレンジ色の電球をともした。佑司が夜中にトイレに起きることがあるので、いつも完全に部屋を暗くすることはない。

　何だか緊張していた。

　彼女はまるで幽霊のようではなかったし、愛はまだぼくの胸の中で声高《こわだか》に歌っていた。

　ホーホホ、ヨーホホ、ホーホホ、ヨーホホ！

　なんとも勇ましいアリアだ。

「ねえ」と彼女が言った。

「うん？」

「さっきの話の続き」

聞かせて、と囁《ささや》くような声が聞こえた。

その声が、ぼくの中の何かを手繰《たぐ》り寄せる。その何かは胸の中で広がり、喉元《のどもと》まで溢《あふ》れると、鼻の奥と瞼の裏に駆け上り、ぼくは泣きたくなった。

「いいよ」とぼくは言った。

「続きを話そう」


ぼくらが出会ったとき、二人は15歳で、世界はまだ昨日と今日と明日しかなかった。わかるよね。あの年頃は、昔を振り返ることなんてしなかったし、明日より先のことなんて、まるで興味が無かったから。

きみは、おそろしく細い女の子だった。

無性的で、少年みたいな女の子というよりも、女の子みたいな外見をしたコーヒースプーンの精霊みたいだった。ベリーショートの髪は、おそらくそのクラスの誰よりも（男子も含めて）短かったかもしれない。

それに、なんときみは銀色のメタルフレームの眼鏡をかけていた。

それは、この年頃の女の子なら、こう言っているも同然だった。

『私は男の子にはまったく興味がないの。だから、ほっといて』

学年にはそんな子が3人ぐらいはいたように憶えている。しかし、ほとんどの女の子たちは、たとえ視力が悪くても学校に眼鏡をかけてくることはない。コンタクトレンズを使うか、少々の見えにくさは我慢してでも裸眼《らがん》でがんばるか、そのいずれかだった。

15年も前の話だ。まだ、今みたいにオシャレな眼鏡は無かったし、オシャレな女の子が眼鏡をかけることも無かった時代だ。

だからある意味、きみはすごく目立っていた。他の女の子たちとは明らかに違っていた。クラスメイトたちよりも二回りも頭が小さいとか、その小さな顔には不釣り合いなほどの大きな八重歯《やえば》がのぞいていたとか、そういったことも含めて、15歳のきみは誰よりも鮮明な印象をぼくに残した。

ぼくは根が単純で、何事も目の前にあるものをそのまま鵜呑《うの》みにする人間だったので、きみが放つサインをそのまま受諾した。

『わかりました。きみには手を出さないよ』

もっともぼくは、どの女の子にも手を出すことは無かったのだけど。

ただ、言っておくけど、ぼくはきちんときみの魅力にも気付いていた。

なによりもきみは真面目《まじめ》だった。真面目さというのを魅力的ととらない向きもあるけれど、ぼくは真面目な人間が好きだったし、真面目さはもっと正当な評価を受けるべき最大級の美徳だと考えていた。真面目さは信頼に繋《つな》がるし、信頼とは愛を構成する大きな要素だ。だから官能的な人間よりも、真面目な人間のほうが、実は愛についてよく知っていたりする。ぼくも真面目な人間だからよく分かる。

それに、そのときは気付かなかったけど、きみには豊かな感受性とユーモアを解する聡明《そうめい》さが備わっていた。眼鏡の向こうには、ちゃんと愛を待ち望む感じやすい少女がこちらに向かって手を差し伸べていたのだ。

それから加うるに、審美的な見地から言えば、きみはやっぱりそうとうに美しかった。なんと言ってもその頭の形と首から顎《あご》にかけての曲線はかなりのものだった。骨《こっ》相学《そうがく》的に格好良かった。だからかもしれないけれど、きみは絵を描く人間や塑《そ》像《ぞう》をつくる人間からよくモデルを頼まれていた。写真の被写体に選ばれることも多かったし、ぼくの教科書のイタズラ書きのモデルにもよくなってもらっていた。

とにかく、そんなきみと、ぼくは15の春に出会ったんだ。

同じクラス、同じ班、きみの後ろの席がぼくだった。

それから3年間、毎年クラス替えはあったけど、ぼくらはいつも同じクラス、同じ班、ぼくはきみの右隣か左隣か、あるいはすぐ後ろの席に座っていた。だから、一日の多くの時間を、ぼくらは半径1mの小さな円の中に一緒に入って過ごしていたことになる。

この年頃のぼくらは、自分が性的に成熟して、子孫を残すためのパートナーを探しているんだというメッセージを、化学物質に乗せてどんどんと自分のまわりに振りまいていた。受け取った人間は、本人が自覚するしないにかかわらず、それに応答してまた化学物質を放出する。それは無意識下で交わされる恋の伝言だった。

半径1m以内に閉じこめられたぼくらは、誰よりも頻繁《ひんぱん》にこの化学物質を交換しあっていた。シャープペンシルで黒板の文字を写しているときも、眠気をこらえて教師の言葉を聞いているときも、ぼくらはこのささやかな通信手段によって、言葉を交わし合っていた。

(誰かいませんか？　恋の相手求めてます)

ぼくらは自分たちの与《あずか》り知らないところで、そんな親密な行為が行われているなんて、すこしも気付いていなかった。

きみは、メタルフレームの眼鏡をかけ、恋とは無縁なコーヒースプーンの精霊のように超然としていた。その髪はあくまでも短く、制服のスカート丈は膝の長さ、ピアスもネックレスもリップクリームさえも、きみにはまるで縁のないものだった。授業中は熱心にノートをとり、きみの視線が黒板と教師とテキストとノートの4点から外れることは滅多になかった。

きみはあらゆる意味で模範的生徒だった。

すばらしい。

それにもかかわらず、きみが成績上位者の常連でなかったという事実は、微笑ましい注釈だ。きみは天才ではなく、秀才でもなく、たんなる真面目な努力家だった。要領よく振る舞うことのできない正直者だった。きみが快くノートを貸してあげていたまわりの人間のほうが、きみよりもいい成績をとることはよくあることだった。ノートは端正な文字で、とても読みやすくまとめられていた。おかげでぼくもずいぶん助けられた。

日頃から教室には寄りつかず、テキストすら持っていなかったぼくが、それでもそこそこの成績を維持していたのは、この魔法のノートのおかげだった。とにかく、このノートにさえ目を通しておけば、テストで及第点《きゅうだいてん》を取ることはそれほど難しいことじゃなかった。ちょっと気の利《き》いた人間が読めば、そこから教師の意図を酌《く》み取るのは容易《たやす》いことだった。きみは、ちっとも気の利いた人間ではなかったので、自分が持っているノートの利用価値を他の人間ほど生かすことができずにいた。でも、きみはそのことをさして気にしてるふうでもなかった。人より時間がかかっても、堅実に進む道をきみはいつも選んでいた――。

いつの間にか、澪は眠っていた。

ぼくは口をつぐみ、オレンジ色の光に照らされた彼女の寝顔を見つめた。呼吸に合わせて、微かに揺れている。

彼女は息をしている。まるで生きているみたいに。

ふいに彼女の最期《さいご》の日々の記憶が蘇《よみがえ》り、ぼくの胸に痛みが走る。

もう一度、ぼくは失うのだろうか？

側にいたい。ずっと、これから先、ぼくが死ぬまで。

彼女が幽霊でもかまわない。ぼくらのことを忘れてしまっていても、それでもいい。

側にいてくれたら、それだけで。


ぼくは、そっと彼女に声をかけた。

「おやすみ」

佑司が応《こた》えた。

「そうなの？」

もちろん、寝言だった。

7

翌朝目覚めると、すでに彼女は起きていて、朝食の用意をしていた。

「大丈夫なの？　体調はどう？」

「まだちょっと頭痛があるけど、昨日よりは楽よ」

「無理しないでいいのに。朝食はぼくが作るから」

「うん、でもこうやって動いていたほうが気が紛《まぎ》れるし」

ぼくは顔を洗い、歯を磨くとテーブルに座った。

「その、記憶のほうはどう？」

「とくに何も。昨日と同じね」

彼女はミートボールとスクランブルエッグの皿をテーブルの上に並べた。

「お弁当と同じメニューなんだけど」

「かまわないよ。いつもそうだし。でも、よくぼくがお昼は自前の弁当を食べてるって分かったね？」

「水切りラックの中に、お弁当箱が置かれていたから」

「ああ、そうか」

「もう、食べちゃいます？」

「佑司が起きてから一緒に食べるよ。いつもそうしてるから」

何だかあまりにも日常的すぎて、ぼくは昨日もその前の日も、今日と同じようにこうやって一日の始まりを澪とともに過ごしていたような錯覚にとらわれていた。

彼女はハンドタオルで手を拭《ぬぐ》うと、ぼくの向かいに腰を下ろした。以前勤めていたフィットネスクラブのロゴが入った萌葱《もえぎ》色のトレーナーを着ている。これも彼女がいつも着ていた部屋着だった。長い髪をポニーテールにまとめているのも変わらない。髪が多い彼女は頭頂部に近いずいぶんと上の位置で尻尾《しっぽ》を束ねていた。それもまた以前の彼女のやり方だった。

「その髪型」とぼくは言った。

「懐かしいな」

ぼくの言葉に彼女は少し考えるような表情になった。

「じゃあ、ポニーテールにしたのは久しぶりだったのかしら？」

「あ」とぼくは言って、それから「いや」と続けた。

「お料理するのに邪魔だったからまとめてみたんだけど」

「そうだね。うん、そういえばそうかもしれない。そうだよ」

嘘《うそ》が下手《へた》というより、これは記憶力の問題なのだろう。ぼくは彼女に嘘をついていることをすっかり忘れていた。

うろたえたぼくを見て、彼女が怪訝《けげん》そうな顔をした。

「なんとなく変なんだけど」

「何が？」

「あなたが」

「あ」とぼくは言って、それから「そう」と続けた。

「大丈夫だよ」

ぼくは言った。

「どこも変じゃない」

まあいいわ、と言って彼女はふう、と溜《た》め息をついた。

「ここで私は毎日料理していたのよね。あなたや佑司くんのために」

彼女は油だらけのコンロや、水垢《みずあか》に変色しているシンクを見つめていた。

「まあ、そういうことになるね」

コンロの脇《わき》の壁には、ぼくが初めて（そして最後に）ポテトフライに挑戦したときにつけた焦げ跡があった。油をコンロにかけていることを忘れてしまったのだ。油は信じられないくらい大きな炎を上げていた。ぼくは逆上して、バスタブの残り湯をバケツに汲《く》んで炎にぶちまけた。言うまでもなく、それは間違った行為だった。激しい爆発があり、そして奇跡的に炎は消えた。

消し炭みたいなポテトフライが散乱する中で、ぼくはあまりの出来事に発作を起こし気を失いかけていた。

3か月ほど前のことだ。

「ねえ」と彼女が言った。

「何？」

「ゆうべ、眠る前にしてくれた話の中で、あなたは私のことをすごく真面目《まじめ》だったたって、何度も繰り返していたわよね？」

「うん、言ったよ。きみは真面目だった」

「でも、ここでの私はすごく怠惰《たいだ》でいい加減な人間のように思えるの。キッチンもバスルームもトイレも、長いこときちんと掃除がされた形跡がないし、冷蔵庫の中はインスタント食品でいっぱいだし」

彼女はほとんど泣き顔にしか見えない笑みをぼくに向けた。

「模範的生徒が、そのまま模範的主婦になるとは限らないのね」

「いや、そうじゃないんだ」

発作的に出た言葉だった。

彼女が何かを期待するようにぼくの目を見た。

もう一度ぼくは繰り返した。

「ほんとに、そうじゃないんだ」

彼女の瞳《ひとみ》がふっと曇った。

昔からぼくは説得力のある言葉で人を納得させることが苦手だった。こういうとき、一番間の抜けた言葉を口にするのがぼくだった。

「ほんとだって」

もう一度言ったが、それは独り言のように小さな声だった。何か架空の理由をつくり上げようとしたが、見事なまでに何も思いつかなかった。

「いずれ話すよ」

ぼくは言った。

「これには」

そう言って、ぼくは両手を広げ部屋全体を指し示した。

「理由《わけ》があるんだ」

「そうなの？」

「うん」

　彼女がいたとき、部屋はこんなんじゃなかった。キッチンもバスルームもトイレも清潔で使いやすいように気配りがなされていた。冷蔵庫には新鮮な食材だけが仕舞《しま》われ、インスタントの食品なんか何処《どこ》にもなかった。こんなふうにしてしまったのはこのぼくだ。彼女のノートが無ければ何も出来なかったぼくは、やはり大人になっても同じだった。彼女なしでは、どうやってもうまくいかない。

「あなたの髪」とぼんやりした眼差《まなざ》しで彼女が言った。

「今夜、切りましょうね」

「髪？」

　ぼくは自分のくるくる巻いたくせっ毛に指を絡《から》めた。

「最後にカットしたのはいつ？」

「3か月ぐらい前かな」

「あなたお勤めしてるんでしょ？」

「そうだけど？」

「そんなものすごい頭で大丈夫なの？」

「とくに何か言われたことはないけど。そんなにひどいかな？」

「寝起きの雄ライオンみたい」

「それはひどいね」

「職場に恵まれているのね」

彼女の指摘は正しかった。

寝起きのライオンにも寛大なのがピレネー犬なのだ。

それにしても、彼女は「床屋に行ってね」ではなく「切りましょうね」と言った。

確かに、ぼくも佑司もずっと髪は彼女にカットしてもらっていた。そんな記憶が彼女のどこかに残っているのだろうか？

「きみが切ってくれるの？」

ぼくが訊《き》くと彼女は頷《うなず》いた。

「なんだか私にもできそうな気がするの」

「ずっとそうしてもらってたんだよ」

「じゃあ、大丈夫ね。手は憶《おぼ》えているって言うもの」

でも、大丈夫じゃなかった。

その話は後で。


彼女が朝食と弁当をこしらえてくれたおかげで、ぼくは久しぶりに朝からくつろいだ時間を持つことが出来た。ぼくは澪がいれてくれたハーブティー（どこに葉っぱがあったのだろう？）を飲みながら、彼女にまつわる事柄を、思いつくままに語って聞かせた。

きみの誕生日は1月の18日。どの占いでも慎重で忍耐強いと書かれている山羊座《やぎ》だよ。

結婚する前の姓は榎田《えのきだ》。実家は電車で北に30分ほど行った町にある。そこにはいまもお父さんとお母さん、それに妹と弟が暮らしている。

きみは家族の誰《だれ》とも似ていない。どちらかというと、生まれたときからうちの一族の人間のような顔立ちをしている。

ちなみにぼくの両親は、電車で南に15分ほど行った町で暮らしている。

ぼくには兄弟がいないんだ。『それだけで病気だ』と言われている一人っ子だよ。それだけじゃなく、ぼくは他にもいろいろ問題をかかえているんだけど、まあ追い追い話すことにするよ。

きみは、中学の時は器械体操部だった。得意な種目は跳馬。ぼくも見たことがあるけど（体育の授業の模範演技のとき）、きみの跳躍力は見事なものだった。きみから比べれば、ほかの生徒たちはまるで赤ん坊が地団駄を踏んでいるぐらいにしか見えなかったよ。

ほんとに。

ただ、きみは、どうしても着地点に留まることが出来ないという癖があった。だから、きみの得点はいつも6・50ぐらい。団体のメンバーに入れてもらってはいたけれど、きみはいわゆる「おみそ」選手だった。だから、高校になって、器械体操でなく新体操を選んだことは賢明な選択だったと言えるんじゃないかな。だって、新体操は大ジャンプの後も、そこに立ち止まらずに走り抜けていくからね。

「私、新体操部だったの？」

「そうだよ。すごい名門クラブでさ。インターハイで何度も優勝してるんだ」

「すごいのね」

「きみだって、けっこう優秀な選手だった。インターハイには行けなかったけど、地域ブロック大会では、そこそこの成績を収めてたんだから」

「信じられない」

「そう？」

「だって、あの新体操でしょ？」

「そう、あの新体操だよ」

「私が？」

「きみが」

澪はふふふと笑った。

「不思議な感じがするわ」

「だろうね」

「あなたは？」と澪が訊いた。

「何かクラブに入っていたの？」

「ぼくは陸上部だった」

「走ってたのね」

「いまも走ってるけどね。高校生の頃《ころ》は８００ｍの選手だった」

うわっ、と澪が言って鼻にしわをつくった。

「すごくつらそう」

「どんなにつらいことでも」とぼくは言った。

「自分でそれを望んでしているときは、たいした苦しみには感じないもんだけどね」

「そう？」

「きっとね」

「やあ、ゆうじ！」

隣の部屋で、やけになれなれしい男の声が響いた。

澪が驚いて、身を固くする。

「目覚まし時計だよ」

ぼくは言った。

「聞いててごらん」


「ほら、ここにきみへの贈り物をぼくは持ってきたんだ」

「さあ見てごらん。ここにあるよ。目を開けて見てみよう」


「そう、もっとしっかり目を開いて。ここだよ、ここ」

「どこ？」と佑司の小さな声が聞こえた。

「ここだよ。そう、しっかりと目を開いてね」

「だから、どこ？」

今度は、かなりはっきりとした声になった。

「さあ、目を覚ましたね。じゃあ、しっかりと見るんだよ。きみへの最高の贈り物。新しい一日がここにあるから」

「うわ、またださまされちゃった」


おはよう、と言って佑司が隣の部屋から目をこすりながらやってきた。

「私のぼうやは、あなた以上にすごい頭をしてるのね」

「ああ、寝グセがね、毎朝ひどいんだ。どういう寝方してるんだか」

佑司の頭は、『ピーナッツ』のウッドストックみたいになっている。常に北風に向かって歩き続けている旅人みたいだ。パジャマの上と、下半身はゴムのゆるんだパンツ一枚姿になっている。ズボンのほうは彼のフトンの中に置き去りにされている。

彼は焦点の定まらない目でぼくらを見た。頭をぽりぽり掻《か》きながら何かを考えている。

目を閉じ、それからまたゆっくりと開いた。

「ママ？」

佑司の顔が見る見る赤くなり、目に涙が浮かんできた。

「ママだ。そうだよね？」

澪のもとに駆け寄り、その腕にしがみついた。

「ママだ、ママが帰ってきた」

佑司は彼女の腰に腕を回し、赤く染まった頰《ほお》を胸に押しつけた。ママ、ママと繰り返し、精一杯の力で澪に抱きついている。

ぼくは椅子《いす》から立ち上がると、彼の背後に回った。

ずり下がったパンツがまるでオムツみたいに膨《ふく》らんでいる。そこから伸びる足は痛々しいほどに細く、膝裏《ひざうら》の青い静脈が透けて見える。

「佑司」とぼくは言った。

「ママ、病気が治って、今朝からまたパパと佑司のごはんを作ってくれているんだ。別にどこかに行ってたわけじゃないんだから、大袈裟《おおげさ》だよ」

佑司の肩がぴくりと動いた。息を止め、何かを考えている。その小さな頭の中で、けんめいに昨日からの出来事を思い起こしているのだろう。

「ママは頭をぶつけて記憶をなくしちゃったんだ。思い出したかな？」

佑司が澪にしがみついたまま、こくりと頷いた。

「佑司は泣き虫だね」

　また、頷く。

「さあ、ごはんを食べよう。ママが作ってくれたんだ。おいしいよ」

　佑司は、ゆっくりと澪から離れ、俯《うつむ》いたまま自分の椅子に座った。

「その前に顔を洗って、歯を磨かなくちゃ」

　下を向いたまま頷き、洗面所に向かう。ぼくは彼の背を見送ってから、澪に視線を戻した。

「昨日も言ったけど、佑司はすごい泣き虫なんだ」

「みたいね」

「朝起きたら、久しぶりにきみがそこにいたんで嬉《うれ》しかったんだろうね。昨日の朝まできみは寝たままだったから」

「そう？」

　どことなく、訝《いぶか》るような眼差しでぼくを見る。ぼくはこわばった笑みを浮かべ、何でそんな顔をするの？　みたいな顔をした。

「なんとなく変なんだけど」

　澪が言った。

「何が？」

「あなたたちが」

「いや」とぼくは言って、「別に」と続けた。

「どこも変じゃない」

もう、芝居は限界に近かった。まるで嘘を隠すために口笛を吹く、三文《さんもん》芝居の俳優になったみたいな気分だった。

佑司が戻ってきて、自分の椅子に座った。

「さあ、食べよう。いただきます」

この危険な流れを断ち切ろうと、ぼくはことさら大きな声で言った。

「いただきます」

佑司も言った。

澪はしばらく二人の顔を交互に見ていたが、ぼくらは気付かないふりをしてもくもくと食べ続けた。

やがて彼女は小さく溜め息をつき、それから言った。

「あなたたち、もう少しお行儀よく食べてね。いっぱいこぼしてるわよ」

食事が終わり、ぼくはパジャマを脱いでスーツに着替えた。スーツ姿になったぼくを見て、澪がはっと息を飲んだ。ぼくはそんなに見違えたのかと思い、ちょっと「G

Q」あたりのモデルみたいにポーズをとって見せた。

「あなた」と澪が言った。

「何だい？」

「そのスーツをずっと着て仕事に行っていたの？」

何だか、ぼくは勘違いをしていたらしい。とりあえず、そのことだけは彼女の口調から分かった。

「そうだけど？」

ぼくは言った。

「それ、冬物のスーツでしょ？　とびきり地厚の寒冷地仕様みたいなごついの」

「そうなの？」

まるで佑司みたい。

「それに、全然サイズが合っていない。肩が完全に落ちちゃってるじゃない」

知らなかった。

誰も教えてくれなかった。

そこで突然、ぼくは天啓《てんけい》のようにひとりの女性の存在を思い出した。

事務所の永瀬さん。あの奇妙な態度。

ああ、そうか。彼女はこのことをぼくに教えたがっていたんだ。

「痩《や》せたからね。ずいぶん」とぼくは言い訳めいた口調で言った。

澪が死んで、ぼくはほとんど何も食べられなくなった。もともと食の細かったぼくは、ますます食が細くなって、みるみる痩せていった。62kgあった体重は54kgまで減っていった。それ以来、この数字は変わっていない。

スーツだってぶかぶかになるわけだ。

でも、そんなことにまで気が回らなかった。

ただ、一番手前に吊《つる》されていたスーツをたまたま手にとって、それをずっと着続けていただけだ。

彼女はクローゼットの中を調べて、薄手の春夏物のスーツを見つけてぼくに手渡してくれた。着てみたが、これも当然ぶかぶかだった。

「なんだかすごく変なんだけど」

肩の落ちたスーツを着て、間の抜けた笑い顔を浮かべているぼくを見ながら彼女が言った。

「何が?」

「あなた、本当にここの住人なの?」

その眼差しには、どことなく哀れむような色さえあった。

「私があなたの妻だってことは信じるけど、もしかして、ここは誰か他人の部屋を無断で借りちゃっているとか？」

もっともな意見だ。もしそうならば、部屋が汚れているのも彼女は納得できる。自分はこの部屋の住人じゃないんだから。

スーツのサイズが合わないのだって、ちゃんと説明がつく。これは誰か他の人のスーツなのだから。

「そんなことはないよ」

ぼくは言った。

「ここはぼくらの部屋だよ。さっき言ったように、ぼくはすごく痩せちゃったんだよ」

「なんで？」

「まあ、それもぼくが抱えているいろんな問題のひとつなんだ。いずれ分かるよ」

「いずれって、いつ？」

彼女は腕を組み、もうこれ以上譲歩する気はないんだから、という顔でぼくを見ている。

「今夜」とぼくは言った。

「今夜話すよ。ぼくが抱えているいろんな問題について」

「分かった。じゃあ、待ってるわ」

それから澪は、佑司の朝の身支度を手伝った。彼はずっと自分でやっていたボタンかけまで彼女に手伝ってもらっていた。一種の退行現象だ。

まあ、いいけど。

こうやって見ていると、この部屋の時間そのものが1年以上も逆戻りしたように思えてくるのだから。

部屋を出る前に、ぼくは澪に声をかけた。

「その、あんまり外には出ないほうがいいと思うよ」

特に深読みした様子もなく、澪は軽く頷いた。

「まだ顔色も良くないし、家でゆっくり休んでいたほうがいいよ」

「そうするわ」

ぼくが心配していたのは、むしろまわりの人間の眼だった。あまり近所付き合いはせずに暮らしてきたぼくらだったが、それでも澪が1年前にこの世を去ったことを知っている人間は少なからずいた。

このアパートはちょっと造りが変わっていて、6室のうち4室がワンルームで、一番東寄りの1階と2階（我が家）の2室だけが二部屋の間取りになっていた。そんなこともあって、アパートの住人のほとんどは学生かひとり暮らしのサラリーマンだった。この1年間に3室が入れ替わり、今もまだ澪のことを知っているのは、101号室のサラリーマン男性と、うちの下、103号室の若い夫婦だけだった。皆昼間は働いているから、外に出た澪と彼らが出会う心配はなかったが、それでも用心するに越したことはなかった。

ぼくと佑司を見送って、澪が玄関の上がりがまちに立った。

「いってらっしゃい」

記憶とはかかわりなく、人は自分が振る舞うように、振る舞うものなのだろう。こうやって玄関で見送ってくれるその仕草、その声、その表情、どれも生きていた頃の澪と少しも変わることはなかった。

「いってらっしゃい、佑司――」

くん、という言葉を飲み込んで、澪はにっこり微笑《ほほえ》んだ。

次にぼくに向かい「いってらっしゃい」と言って、それからちょっと考えるような表情を見せた。

「そういえば」と彼女は言った。

「あなたの名前をまだ聞いてなかったと思うけど？」

ああ、と頷き、ぼくは彼女に自分の名前を告げた。

「巧《たくみ》だよ」

「たくみ？」

「そう、手際が良いって意味の巧」

「ああ、巧さんね」

「全然、手際が良くない人間なんだけどね。名前負けしてるよね」

「そうね」

あっさり頷いて、それから彼女はいたずらっぽく笑った。

「だから、『たっくん』なわけね？」

「そう」

じゃあ、あらためてって感じに姿勢を直して、彼女は言った。

「いってらっしゃい、巧」

愛してるって言われても、これほど胸が苦しくなることは無かっただろう。

涙が出そうになった。

きっと、1000回も繰り返された言葉だったからだ。毎朝、彼女はこの言葉でぼくを送り出してくれていた。この言葉はぼくらの結婚生活そのものを語っていた。

「いってきます」

愛を込めて、ぼくは言った。

「おはよう」とか「おやすみ」とか「おいしいね」とか「大丈夫？」とか「ちゃんと

眠れた？」とか「こっちに来て」とか、そんな何気ない言葉全てに愛が宿っている。

それが夫婦なんだと、ぼくは思った。

あの時は気付かなかったけど。

8

事務所に着くと、ぼくは真っ先に永瀬さんに声をかけた。

「遅ればせながら衣替えをしたんだけど」

ぼくはほらっ、と両手を身体《からだ》と平行に持ち上げ、薄手になったスーツを彼女に見せた。

「ああ、はい、そうですね」

永瀬さんは何故《なぜ》か激しく顔を赤面させ、そわそわと落ち着かない素振りを見せた。

もっと喜んでもらえると思ったんだけど、彼女はいたずらを見つかった子供みたいにうろたえていた。

「永瀬さんが気にしていたのって、このことだったんですよね？」

「はい、はい、そうです」

彼女の顔がますます赤くなった。

「ご心配おかけしました」

ぼくが言うと、彼女は胸の前で両手を幾度《いくど》も振って、いえ、そんなとか言って給湯室に逃げて行ってしまった。

彼女って、とてもユニークな女性だと思う。


仕事はいつも以上に慎重にこなしていった。メモの数を増やし、いつもなら書き留めない小さなことまでも、ちゃんと文字で残しておくようにした。10分先の自分への送り状で、クリップボードはあっという間に埋め尽くされた。裏を返せば、ぼくはそれぐらい信頼性に欠ける状態だったということ。頭の中は澪のことでいっぱいだった。

それはまるで恋のようだった。と言うか、ぼくのささやかな経験に照らし合わせてみても、これはまさしく恋だった。

なるほど、とぼくは思った。

これは恋だ。

ぼくは恋をしている。

ぼくは妻の幽霊に恋をしている。

すばらしい。

そして同時に不安でもあった。

こうやってぼくがアパートを離れているあいだに、彼女が消えていなくなってしまうんじゃないかって、そればかり考えていた。この喪失の予感が恋する気持ちと重なって、胸の中はもう「切なさ」とか「愛《いと》しさ」とか、そんな名前がついた化学物質で溢《あふ》れかえっていた。すぐにでも家に飛んで帰って、彼女の顔を見たいという気持ちをなだめすかしながら、何とかぼくはその日の仕事をやり終えたのだった。

まるで、とぼくは思った。これじゃあ、初めて恋に落ちたティーンエイジャーみたいじゃないか。

きっと人間は、何度でも同じ相手と恋に落ちるものなのだろう。そして、そのたびにニキビとやたらと感じやすい心を抱えた10代の子供に戻ってしまうのだ。

9

「ただいま」とぼくが息をきらして部屋に入ると、「お帰りなさい」という澪と佑司の声が見事に3度の和音で返ってきた。ほっと、安堵《あんど》の溜《た》め息をつく。

基本的に二人の声はよく似ている。しかし実は、ぼくと佑司の声も似ているのだ。ぼくと澪の声は少しも似ていないのに。

とても不思議だ。


澪は佑司の髪をカットしていた。

彼女は椅子《いす》に座った佑司の髪をハサミで無造作にどんどんと切り落としていた。

懐かしい光景だった。畳の上に広げたレジャーシートも昔と同じだった。

「たっくん」と彼が言った。

「ぼくママに髪を切ってもらっているんだよ」

「みたいだね」

ぼくはスーツの上着を脱ぎ、それをクローゼットのハンガーにかけた。

「あれ？」とぼくは言った。

「部屋がきれいになってる！」

「そうなの？」と佑司が言った。

「結構大変だったんだから」と澪が言った。

「無理しなくても良かったのに。まだ体調も完全じゃないんだし」

「そうも言ってられないでしょ。模範的主婦としては」

「うん。それにしても大変だっただろうね」

「それなりに」と澪は言った。

ぼくは、嬉《うれ》しかった。部屋がきれいになったということよりも、こういったことがとても彼女らしかったから。彼女はほんとに模範的主婦だった。記憶を失ってはいても、澪はやっぱりまぎれもなく澪だった。そのことが、すごく嬉しかった。

「うーん、こんなもんかしら」

澪がぎこちない笑顔でぼくを見た。何となく嫌な予感がした。

ぼくは「どうだろう」と言って佑司の近くまで行き、カットの仕上がりをチェックした。

「どお?」と佑司が訊《き》いた。

「かっこいい?」

「そう、かっこいい……」という表現からはかなりの隔たりがあった。

前髪が額のかなり上の位置でいびつなアーチを描いていた。右の側頭部にはカットしすぎて地肌の見えている部分が2か所あった。後ろにまわってみたら、そこにもピンクの地肌が透けて見えるところが1か所あり、それに襟足が本来のあるべき場所よりずっと上の方になっていた。

それはちょうどスキンヘッドの子供が毛糸の帽子をちょこんと頭の上に載《の》せている姿によく似ていた。

ありていに言って、彼はひどくマヌケに見えた。

「手が憶《おぼ》えてるって言ってたけど?」

ぼくが言うと、佑司が不安そうに「なに?」と訊いた。

「やっぱり、こういうことも忘れてしまうものなのかしら?」

澪が言った。

また佑司が「なに?」と訊いた。今度はさっきよりも少し声が大きくなっていた。

「次はあなたの番なんだけど」

よほどぼくが怯《おび》えた顔をしたのだろうか、彼女は慌てて言い添えた。

「大丈夫。ぼうやの髪をカットしてだいたいの要領はつかめたから」

「なにそれ？」

佑司が言った。

ということで、次は佑司の場所にぼくが座ることになった。

解放された佑司は慌てて洗面所に駆けていった。

「うわっ」という声が聞こえて、そのまま静かになった。


「じゃあ、お願いします」

ぼくは洗面所の気配をうかがいながら、彼女に言った。

「動かないでね」と彼女が言った。

「髪の毛以外のところを切っちゃうから」

その言葉にぼくの気の弱い心臓が、ぎゅっと身をすくめるのを感じた。

「それにしてもすごいくせっ毛なのね」

「子供の頃はテンプルちゃんて呼ばれていたんだ」

「テンプルちゃん？」

「そう、シャーリー・テンプル。ほら『テンプルちゃんの小公女』って知らない？」

「知らないわ。忘れているだけかもしれないけど」

「まあ、半世紀以上前の子役だからね」

それは無理ね、と彼女が笑った。

そういえば、前にも同じことを訊いて、彼女に笑われたことがあった。

(じゃあ、2050年になったら、あなたにヴィクトワール・ティヴィソルって知ってる?って訊いてあげるから)

言うまでもなく『ポネット』のあの名子役だ。そのときは2050年にも、ぼくらはきっと一緒にいるんだろうと、漠然とそんなふうに思っていた。まあ、そうとう二人とも年をとってくたびれているにはしても。

幸福な時代の微笑《ほほえ》ましい挿話《エピソード》だ。


「さあ、終わったわよ」

今度の彼女は、ずいぶんと自信に満ちていた。

ぼくはおそるおそる彼女が持った鏡の中をのぞき見た。向こうからも心配そうな顔をした男がこちらを覗《のぞ》いていた。彼は不揃《ふぞろ》いながらも、とりあえず人前には出られそうな髪型をしていた。どことなく人のよいシド・ヴィシャスといった風貌《ふうぼう》だった。そういえば、彼も今はアーカイブ星の住人だ。

「確かに」

ぼくは言った。

「要領をつかんだみたいだね。これなら大丈夫だよ」

「ぼくはどうなのさ？」と佑司が訊いた。

彼は通学用の黄色い帽子をかぶっていた。

「問題ないよ。すごくキュート。誰《だれ》もが愛さずにはいられなくなる」

「そうなの？」

「そうだよ。ねえ？」

そう振られて、澪はすごく困った顔をした。

「ごめんなさいね、佑司」と彼女は言った。

「でも、パパの言うとおりよ。かっこよくは出来なかったけど、誰もがあなたを好きになっちゃいそう」

「ママも？」

「もちろん。あなたを見てるだけで胸がどきどきしちゃうわ」

「ならいいや」

佑司は帽子を脱いだ。ぺったり貼《は》り付いた琥珀《こはく》色の髪は、前にもましてニットキャップのように見えた。

でも、ほんとに可愛《かわい》かった。それが子供の不思議なところだ。欠点こそが魅力となる逆転の魔法を使う。それが親だけに有効な魔法だったのだとしても。

食事を用意する間にお風呂《ふろ》に入っちゃってと言われ、ぼくと佑司は二人でバスルームに向かった。

「ママ、前はとても上手だったのに」

服を脱ぎながら佑司が言った。

「上手?」

「髪を切るのが」

「ああ、そうだね。やっぱり忘れちゃうんだよ、こういうことも」

「そうなの?」

「きっとね」

「でも、ごはんのつくりかたは憶えているでしょ」

「ああ、そう言えばそうだね」

確かにそうだ。

記憶の取捨選択はどのようになされるのだろう? ぼくや佑司との思い出よりも、料理のレシピのほうが彼女にとっては残しておくべき大事な記憶だったとでもいうのだろうか。

だとしたら、ぼくらはオムライスやクリームシチューよりも希薄な存在だということになる。それじゃあ、あんまりだ。きっともっと別の理由があるのだろう。

(そう思うことにする)


彼の頭を洗ってやりながら訊いてみた。

「ママがいるのは嬉しい？」

佑司はしばらく考えてから小さな声で答えた。

「わかんない」

意外な言葉だったので、少し驚いた。

「何で嬉しくないの？」

「だって」と佑司は額に落ちてきたシャンプーの泡を拭《ぬぐ》いながら言った。

「ママはさ、アーカブイ星に住んでいるんだよ」

「そうだね」

「だったら、やっぱりいつかは、そっちに帰っていくんでしょ？」

「でも、ほら、ママはそのことを忘れているから――」

佑司はゆっくりとかぶりを振った。

「ママが忘れていても、きっと誰かが迎えにくるよ。どんなお話でもそうだもん。みんな最後は帰っていっちゃうんだ」

だから、と佑司は言った。

「なんだか、泣きたくなるの」

こんな幼い子供でもちゃんと分かっている。誰か好きな人を想《おも》うとき、かならずその想いには別離の予感が寄り添っていることを。彼はすでにそれを一度学んでいる。

「もし、そうだとしても」

ぼくは言った。

「いま、ここにママがいてくれることは、やっぱり幸せなことだよ。だから、この時間を大切にしようよ」

佑司は、うんと答えたが、実際彼がどのように思っているのか、ぼくには分からなかった。

シャワーの湯を頭からかけながら、ぼくは佑司に言った。

「念を押しておくけど、ママはずっと一緒にいたんだからね。一度も離れずにずっと」

「わかってる」と佑司は言った。

「でもさ、なんだかママ、変に思っているよね」

「そうだね。だから、これからはもっと慎重にならないと」

るように躾《しつ》けたのに、またすっかりもとに戻ってしまったようだ。

やれやれ、とぼくは思った。１年かけてやっとたいていのことは自分ひとりで出来
「ママ、ぼく出たよ。体ふいてね！」

佑司はバスルームから出ると、大きな声で澪に言った。

「よし、ＯＫ。もう出ていいよ」

「わかった」


ぼくがバスルームから出ると、佑司は白いぶかぶかの子供用ブリーフ一枚の姿で、澪に耳そうじをしてもらっていた。正座した澪のももに頭を載せ、目を閉じ幸福そうな笑みを浮かべている。

「なんだかすごいの」

澪が言った。

「この子の耳の中、なんだかすごいことになってるの」

ちゃんと耳そうじしていた？　と訊くので、ぼくはしばらく考えてから、していないと答えた。

「自分で勝手になんとかしているんだと思っていた」

「６歳の子供には無理よ」

彼女は、何これ？　とか、どうなってるの？　とかぶつぶつ言っていたが、ある瞬間ひゅっ、と喉《のど》を鳴らしそのまま沈黙した。そのあと、カランと乾いた音が座卓の上で響いた。

「巧さん」と彼女がぼくを呼んだ。

「来て」

ぼくはバスタオルで濡《ぬ》れた頭を拭いながら、二人のもとに歩み寄った。

「何？」

彼女が座卓を指さすので、ぼくは顔を近づけそこにある物体に目を凝《こ》らした。

それは何か黒い巻き貝のような物だった。手に取ってみると、表面は堅かった。

「もしかして」

ぼくはおそるおそる訊《たず》ねた。

「これが佑司の耳の中に？」

澪は苦いものを口に含んだ時みたいな顔で頷《うなず》いた。

「うわっ」と言って、ぼくは巻き貝を放り投げた。

「うわっ」と佑司が叫んだ。

「たっくん、声が大きいよ！　耳が痛い」

彼は小さな手で自分の耳をぎゅっと塞《ふさ》いでいた。

これで分かった。

彼がいつも「ん？」とか「え？」とか言っていたわけが。すべてはこの何層にも重なって石化した耳垢《みみあか》のせいだった。彼は1年分の耳垢をその小さな穴の中に大事に溜め込んでいたのだ（だいたいにおいて彼は何でも溜め込む癖がある。工場のボルトしかり）。

このあと反対側の耳の穴からも同様の巻き貝が出てきた。

彼はあまりにも聞こえが良くなった自分の耳を気持ち悪がった。

「うわ、なにこれ？」とか「すごく変だよ」とか「うるさいなあ」とか、しばらくぼやいていた。

こうやって、1年かけて狂っていった音程を、彼女がひとつひとつ調律していく。記憶も、そして命すら持たない彼女のほうが、よほどぼくよりもしっかりしているというのは、どういうことなのだろう？　きっと彼女は、ものすごく特別な存在なのだろう。

ぼくと佑司にとって彼女は伝説の女性なのだ。

10

夕食のあと3人で散歩に出た。

澪の頭痛はまだ続いていたが、夜風にあたれば少しは気が紛《まぎ》れるかもしれないと彼女が望んだのだ。ぼくは少し躊躇《ちゅうちょ》したが、夜のとばりに紛れれば、人の目に映るのはぼくらのシルエットでしかないのだからと思い、けっきょく彼女を連れ出すことにした。

ぼくらは、薄墨に染まったような淡い情景の中を歩いた。森の稜線《りょうせん》に細く痩《や》せた月がかかっていた。風に揺れる田圃《たんぼ》の水面《みなも》で、その虚像が震えていた。

「涼しいのね」

澪が言った。

「雨が続いているからね」

佑司と澪が手を繋《つな》いで前を歩き、その少し後ろをぼくが歩いた。ぼくも手を繋ぎたいという素朴な欲求があったが、もちろん口に出すことは出来なかった。ぼくが出来ないことをいとも容易《たやす》くしている佑司を少し妬《ねた》ましく思った。

「それで？」と彼女が言った。

「あなたが抱えている問題って何なの？　あとで話すって言ってたでしょ？」

「ああ、そうだね」

道は用水路に突きあたり、ぼくらは左に折れた。ずいぶん先で踏切が点滅しているのが見えた。

「その前に、もう少しぼくら二人の話をしたいんだけど」

「ええ、いいわよ」

ぼくは少し足を速めて彼女の隣に並んだ。

「その」とぼくは話し始めた。

「高校の頃《ころ》、ぼくらはまだ恋人同士ではなかった」

「私が眼鏡をかけてて、ものすごく痩せてて、面白みのない模範的生徒だったからでしょ？」

ぼくは前を向いたまま小さく笑った。

でもね、とぼくは言った。

「ええ」

「ぼくは眼鏡をかけてて、ものすごく痩せてて、面白みのない模範的生徒も実は好みだったんだけどね」

「そうなの？」と佑司が訊《き》いた。

「そうだよ。ただ、あの時は、そんな女の子が恋を求めているなんて思いもしなかったんだ」

「恋の相手求めてます？」

澪が言った。

「そう。そのサインを見落としていた」

「私は？」と彼女は訊いた。

「その頃、あなたのことどう思っていたの？」

「同じだよ。ぼくはちょっと変わり者だったし、人嫌いだっていう噂《うわさ》が立っていたからね。きみも、そんな男の子が恋愛をするなんて考えていなかった」

「私がそう言ったの？」

「そう」

「お互い奥手だったのね。そんなふうに思っちゃうなんて」

「うん。国宝級の奥手だったね」

それに、とぼくは言った。

「その頃のぼくらはクラブ活動に夢中だったからね。きみは跳ねたり回ったり投げたりするのに」

「新体操よね」

ぼくは頷《うなず》いた。

「ぼくは400mの楕円形《だえんけい》をくるくる、くるくる周《まわ》るのに」

「おもしろいの、それって？」

「おもしろいよ。すごく普遍的な行為だしね。惑星も電子も、みんなくるくる、くるくる周ってる」

「そんなものかしら？」

「そうなんだよ」

ぼくらは小さな踏切を渡った。道は水路に寄り添って、どこまでも続いていた。

澪は暗がりに包まれた行く手を、じっと目を凝らして見つめていた。

「遠くの景色が滲《にじ》んで見えるわ」

澪が言った。

「そう？」

「私、最近は眼鏡をかけていなかったの？」

「あ」とぼくは言って、それから「いや」と続けた。

そのことをすっかり忘れていた。澪は普段はコンタクトレンズを使っていた。くつろぐ時には眼鏡にすることもあったが、裸眼《らがん》でいることはごく稀《まれ》だった。視力は0・4か5ぐらいしか無かったはずだ。

ぼくは嘘《うそ》をついた。

「眼鏡はかけていなかったんじゃないかな。ほら、勉強で黒板を見るわけじゃないし、車を運転することも無かったしね」

「でも、ずいぶん見づらいわ。眼鏡は持っているんでしょ？」

「どこかにあると思うよ。あとで探しておくよ」

「お願い」

どうやらアーカイブ星では、コンタクトレンズは支給されなかったらしい。


「まあ、とにかく」とぼくは話を戻した。

「そんなふうに、高校時代のぼくらは5歳の子供よりも奥手だったものだから、恋とは無縁の関係で終始したんだ」

「ぼくよりもおくてだったの？」

佑司が訊いた。

「どうかな」

ぼくは言った。

「まあ、そんなもんだったかもしれない」

「おくてってなあに？」

「成長が遅いってことだよ」

「うわっ」と佑司が声を上げた。

「ずいぶんちっちゃかったんだね」

ぼくは澪と顔を見合わせ、くすくすと笑いあった。それから、彼女にこう言った。

「ぼくらの関係が変わる切っかけとなったのは、卒業式の日のほんとに小さな出来事だったんだ」


卒業式の日。

ぼくらは、これでおそらく二度と会うことも無くなるのだろうと意識することもなく、二度と会うことも無くなるはずだった。別れとはおおむねそんなものだし。

ところが、そうもいかない事情が出来た。

卒業式も終わり、教室に戻って高校生活最後のホームルームも終えて、いよいよほんとに全てが終わったあとのことだ。

ぼくが机の中のガラクタ（ファーストフードの割引券とか、スナック菓子のおまけのフィギュアとか、アイスキャンディーの当たり棒だとか、そんなもの）をスポーツバッグの中に次々と放り込んでいると、隣の席のきみから声をかけられた。

「秋穂《あいお》くん」

「なあに、榎田《えのきだ》さん」

「これに、何か言葉を書いてほしいの」

そう言ってきみが差し出したのは、例のサイン帳だった。卒業式の日には、ものすごい数のサインが生徒の間を行ったり来たりする。もっとも、ぼくが求められたのはたったひとり、きみからだけだった。きみ以外の誰《だれ》が求めると言うんだろう？

「いいよ、貸して」

ぼくはきみからサイン帳を受け取ると、少し考えてからそこに短い言葉を書いた。

『きみの隣はいごこちがよかったです。ありがとう』

それは貸してもらったノートに対するお礼であり、そして意識することなくきみから受け取った化学物質への回答だった。

この言葉に対するきみの回答はこんなだった。

「私もあなたの隣はいごこちよく感じていたわ。ありがとう」

そしてぼくらは別れた。

「じゃあ、さよなら」

「ええ、さよなら」

ぼくは卒業証書とガラクタがつまったスポーツバッグを手に持ち、教室をあとにした。

「それじゃあ、何も起きなかったんじゃないの?」

「いや、それがさ」


卒業してからひと月ほどして、きみから短い手紙が届いた。

『あなたのシャープペンシル預かってます。どうしましょう?』

「そうだったのか!」とぼくは叫んだ。

1か月のあいだ、ずっと探していたのだ。サイン帳を返すとき、そこに自分のペンをはさんで渡してしまったのだと、このとき気付いた。どうりでどこを探しても見つからなかったはずだ。

ただのシャープペンシルなら、ここまで拘《こだわ》ったりはしなかったのだが、これはただのシャープペンシルではなかった。ぼくが10歳の時、誕生日のプレゼントにと生まれて初めて買ってもらったシャープペンシル。ぼくの育ての親とでも言うべき、母の姉である伯母《おば》から買ってもらった品だった。

誰でもそうだと思うけど、生まれて初めて買ってもらったこういった品には、すごく愛着がある。初めての本、初めての腕時計、初めてのCD。ぼくはこういった物すべてを大事に取って置いてある。

だから、ぼくはすぐに返事を書いた。

『大事な品です。取りに行きます』

送ってもらう手間と金をきみに負担させることは悪いように思ったから、取りに行くつもりだった。そしたら、きみからはこんな返事が来た。

『いまは、寮に入ってます。実家に帰ったときに連絡します』

それで、結局シャープペンシルの引き渡しは夏休みまで引き延ばされることになった。

在《あ》り場所さえ分かっていれば急ぐことでもなかったし、それに大学生になったきみに会ってみたいという、ぼくのささやかな願望もあった。

二人とも大学に入ってもクラブ活動は続けていたから、大会やら合宿やらでなかなか日程が合わず、ようやく再会が果たせたのは、まもなく夏休みも終わろうという9月7日になってからのことだった（その日がLabor Dayだったので、よく憶《おぼ》えている。ぼくはアメリカの祭日はすべて暗記していた）。

お互いの家の中間にあるターミナル駅のコンコースでぼくらは待ち合わせた。約束の5分前にぼくはその場所に着いたが、すでにきみは来ていた。

人ごみの中に佇《たたず》むきみを見つけて、ぼくはいわく形容しがたい不思議な感情にとらわれた。それまでのぼくは、こんな感情が存在することすら知らなかった。言うまでもないけど、それが恋だった。

奥手のぼくもようやく大人の仲間入りをしたのだった。

ばんざあい！

最初ふと、これは「懐かしい」って気持ちなのかなとも思った。実際、すごく懐かしかったし。

3年間ずっと半径1mの中に一緒にいたきみは、すでにぼくの中のすごく個人的な場所に自分の分身を残していた。そこは、父親とか母親とか、あるいは伯母とかがいる場所のすぐ近くだった。ぼくの中にいるきみの分身が、きみに会えてすごく悦《よろこ》んでいるのがぼくにもよく分かった。

それにきみは、ちょっとした驚きもぼくに用意してくれていた。それでぼくは胸がどきどきして、よけいに高く舞い上がってしまったんだ。

「驚き？」

「そう」

「どんな？」

「それはね」


きみの髪が肩まで伸びていた。

入学したときベリーショートだったきみの髪は、卒業したときもまだショートだった。それがセミロングぐらいの長さになっていた。前髪を眉半《まゆなか》ばぐらいでそろえて、両脇《りょうわき》の髪を後ろにまわしてバレッタで留めていた。このときのきみは眼鏡からコンタクトレンズに変えていたけれど、それはすでに高校の時に見たことがあった。だから、やはり、この長い髪が一番の嬉《うれ》しい驚きだった。

きみは、なんだかすごく女の子みたいだった。コーヒースプーンの精霊ではなく、温かい肌といい匂《にお》いのする年頃の女性だった。

『私は男の子にはまったく興味がないの。だから、ほっといて』なんて、ひとことも言ってなかった。

『私を見て、そして好きになって』

そう言われているような気がした。

ぼくは根が単純で、何事も目の前にあるものをそのまま鵜呑《うの》みにする人間だったので、きみが放つサインをそのまま受諾した。

『わかりました。きみを好きになるよ』


きみは、ぼくに気付くとぎこちない笑顔を見せた。きみも緊張していたんだと思う。ぼくらは、異性とどこかで待ち合わせるなんて初めての体験だったから。

「こんにちは、お久しぶりです」

きみが言った。

「うん、ほんとに久しぶりだよね」

そこで、もう先の言葉が無くなってしまった。しばらく考えてから、ぼくは言った。

「榎田さん、あなたの隣にいるのは秋穂くん？」

きみはすぐに気がついた。

「違います」と言って、こう続けた。

「彼はテディーベアです」

ぼくらはくすくすと笑いあった。

高校の時、授業をさぼっているぼくの席に誰かがテディーベアの縫いぐるみを置いたのだ。それを目に留めた担任の女性教師ときみとの会話だった。

そのころぼくは陸上部の部室で、ひとりシリトーの『土曜の夜と日曜の朝』を読んでいた。

女性教師は、最後にこう言った。

「だと思った。彼にしては毛深すぎるわ」

これには続きがある。

次の日には、ぼくの席にミッキーマウスが座っていた。女性教師は前日と同じようにきみに訊《たず》ね、きみも同じように答えた。

それから彼女は言った。

「だと思った。彼にしては耳が大きすぎるわ」

そのときもぼくは陸上部の部室で、昨日の続きを読んでいた。

このいたずらは、少しブームになった。ぼくの知らないうちに、ぼくの席には様々な縫いぐるみが座らされた。それは、くまのプーさんだったり、スヌーピーだったり、ドナルドダックだったりした。それは、ぼくにしては太りすぎていたり、色が白すぎたり、口が大きすぎたりした。

真面目《まじめ》に答えるきみも、なかなかのものだし、いちいちコメントを返していた女性教師もたいしたものだった。

あとになって、そのことをきみから教えてもらったぼくは、少し残念に思った。二人の会話をその場にいて聞いてみたかったから。

とにかく、ぼくらにとっては、懐かしい挿話だった。

緊張がほぐれた二人は、ようやく自分たちがこうやって向かい合っている理由を思い出した。

「そう」ときみが言った。

「シャープペンシルよね」

「うん、シャープペンシル」

きみはハイビスカスの模様が描かれたトートバッグから緑色の封筒を取り出した。

「はい」

それをぼくに手渡す。

「あの時すぐに気付いたんだけど、秋穂くんもう帰っちゃったあとだったし」

「うん」

「あれから寮に入る準備で忙しくて、つい連絡できずにいたの。ごめんなさい」

「ぜんぜん。ぼくの不注意だし」

ぼくは言った。

「それに、こうやっていまはぼくの手に戻ってきたし」

封筒からシャープペンシルを取り出し、光にかざす。

「伯母さんからの誕生日プレゼントだったんだ。生まれて初めて買ってもらったシャープペンシル」

「幾《いく》つの時？」

「10歳。吉祥寺《きちじょうじ》の駅ビルで買ってもらった」

「ああ、東京にいたときね」

「そう」

ぼくはいまの町に住む前は東京の調布《ちょうふ》にいた。同じ頃、きみは港区の南麻布《みなみあざぶ》にいた。ことによったら、同じ時、同じ雲を見ていたかもしれない。

そのぐらいの距離だ。

「どうもありがとう」

ぼくは言った。

きみが言った。

「いいえ、どういたしまして」

困ったことに、これで用事は全て済んでしまった。このまま別れるのに何の不都合も無かった。でも、まだ別れたくなかった。

ぼくらは行き交う人混みの中、互いに顔を見合わせたまま相手の言葉を待ち続けた。ぼくはきみがどうにかしてくれるんじゃないかと期待し、それからどうやらきみもぼくと同じように考えているらしいことに気付いた。

これでは本当にこれきりになってしまう。

ぼくは「ええと」と、とりあえず言ってみた。きみが何かを心待ちするような目でぼくを見た。ぼくはその眼差《まなざ》しに勇気付けられて、先の言葉を続けた。

「喉《のど》が渇《かわ》かない？」

ぼくは言った。

「なんだか暑いよね」

ほんとに喉が渇いていた。

きみは、うんうんと二度首を縦に振った。

「じゃあ、冷たいものでも飲みに行こうよ」

そして二人は、記念すべき第1回目のデートの場所に向かったのだった。

ぼくらは踏切までたどり着いたところで引き返すことにした。

「頭痛は？」とぼくは澪に訊いた。

「うん、少し良くなったみたい」

「それはよかった」

佑司が眠いと言い、ぼくは彼を背負った。すぐにいつもの濁った寝息が聞こえ始めた。

こいつ蓄膿症《ちくのうしょう》なのかな？

澪が言った。

「かわいい寝顔ね」

「きみに似ている。眠っているときはとくに」

「そうかもしれない。なんとなく懐かしい気持ちになるもの」

「自分の子供の頃を思い出すような？」

「そうね。何かを思い出すわけではないけど、そんな感じかもしれない」

「まだ、何も思い出さない？」

「何も。でも、だんだんと自分があなたの奥さんで、佑司のママなんだって、実感できるようになってきたわ」

「つらくはない？　その、記憶がないことで」

「もどかしいけれど、それで焦《じ》れるようなことはないわ。気長に待てばいいって、そう思えるの」

「なら、いいけど」

澪は道の端にあった小石を蹴飛《けと》ばした。彼女の昔からの癖だった。記憶を失っていても、こういった何気ない仕草は変わることがない。

「私って」

澪が言った。

「幸せだったのね」

「そう？」

「うん。だって、初めて好きになった人と結ばれて、こんなに愛らしい男の子を授かって、そしてこうやっていまも一緒に幸福に暮らしているんだから」

「そうだね」


きみは幸福だったのかな。

ぼくは心の中で問いかけた。

こんな不具合を一杯抱えた男と結婚して、ただの一度も旅行に行くこともなく、この小さな町の中でその短い生涯を終えてしまった。それでも幸福だったと、言ってくれるのかな。

「あなたは？」と澪が訊いた。

「あなたは幸福？　私はあなたを幸福にしているの？」

「幸福だよ」

ぼくは言った。

「とてもね」


ぼくは空を飛ぶペンギンだった。

望みようもない高みに、彼女の導きでぼくは昇った。

星が近かった。

そしてそこからは、地上にある汚れたものや醜いもの、心を悩ます全てのものが、まるで美しいタペストリーのように見えていた。

それが幸福だった。

それから彼女はいなくなり、ぼくはただのペンギンになった。悲しみが訪れたが、ぼくには空の記憶と、風切《かざき》り羽《ばね》を持つ彼女によく似た男の子が残された。

つまり、ぼくはときおり悲しみにおそわれる、そこそこ幸福なペンギンになった。

「続きを聞かせて？」と彼女が言った。

ぼくらは川の字になり、あわいオレンジの光に染まるアパートの天井を眺めていた。

「いいよ」

ぼくは言った。

「今夜も眠りにつくまで、話してあげるよ」


でも、実際のところ、ぼくはその頃のことをほとんど忘れていた。澪がのちに何度も語って聞かせてくれたから、なんだか本当の記憶のように思っているだけだ。

すごく奇妙な話だ。

忘れてしまったぼくに語って聞かせてくれた澪の話を、今度はぼくが忘れてしまった彼女に語って聞かせている。二人だけの伝言ゲームみたいだ。何度も繰り返されるうちに、その思い出は現実の過去よりもずっと綺麗《きれい》に脚色されて、夢のような記憶になっていくのかもしれない。まあ、おおむね思い出とは、そのようなものではあるけれど。

とにかく、初めてのデートの話。

駅のすぐ向かいにある喫茶店に入った。

ぼくはジンジャエールを、きみはアイスコーヒーを注文した。

3年間隣り合ったり、前後になったりはしていたが、向かい合って座ったのは初めてだった。

これほどきみの顔をじっくり見たのも初めてだった。一重《ひとえ》なのにすごく大きな目をしている。鼻が高く、唇は薄い。そして八重歯。見る人間によって、どのようにでも印象の変わる顔だった。

ぼくにとっては、ずっと子供の頃から一貫して好みだった女性の顔立ちのように感じられた。恋とはそういうものだから。

「髪が伸びたんだね」

ぼくは言った。

「そうなの。新体操の団体で、みんな同じ髪型にするから」

ハイ・シニョンにするの。きみはそう教えてくれた。

「なんだか、印象が変わったよね」

「そうかしら?」

「うん、大人っぽくなった」

秋穂くんも、ときみは言った。

「大人っぽくなったような感じがする」

背が伸びたんじゃないの？　ときみは訊いた。

「少しね」

「どのくらいになったの？」

「177ぐらいかな。中距離走者としてはもっともっと欲しいところだけど」

「もっと大きく見える」

「ブーツを履いているからだよ」

高校の頃、ぼくらが顔を合わすのはいつも教室だった。だから履いているのは上履きばかり。もっとも、ぼくが履いていたのは部室に置かれていたボウリングシューズだった。

何代か前の先輩が近所のボウリング場から無断で拝借《はいしゃく》してきたといういわく付きの品。つま先とかかとの部分がインディゴブルーで、脇の部分が白。そこに「61」と赤紫色のナンバーが入っている。3年間、ぼくは校内ではずっとそのシューズを履きつづけた。

ブーツとヒールのあるサンダルで逢《あ》うなんていうのは、この日が初めてだった。それを言えば、杏子《あんず》色のワンピースを着ているきみを見るのも初めてだったし、リップクリームをつけているきみを見るのも初めてだった。首を傾《かし》げるたびに揺れる豊かな髪を見るのも初めてだったし、しゃべっているだけで胸の辺りがそわそわと落ち着かなくなるのも初めてだった。

初めてでないことを見つけるのがたいへんなぐらい、なにもかもが初めてだった。


ぼくらはその店に5時間いた。

信じられないよね。

いったい何を話していたんだろう?


ぼくらは、互いに相手のことを深く知りたいと望んでいた。

二人は生真面目な性格だったから、そうやって相手のことを知っていくことが、恋愛の手順なんだと感じていた。

何も知らずに手を握ってはいけない。彼女の両親の名前も知らないのに腕を組むのはどうかと思う。靴のサイズや何号の服を着ているのかとか、あるいは初めて歩いたのは生後何か月の時だったのかとか、水の中に何秒潜っていられるかとか、そういったこと全てを知ってから、ようやく恋愛は次の階梯《かいてい》に昇っていく。

知り合うことが大事だ。互いのことを知りたいと願い、自分のありのままの姿を知って欲しいと思うこと。独特な考え方かもしれないけれど、ぼくらはそうやってゆっくりと歩み寄っていく道を選んだ。

だから、会話は大事だった。5時間話しても、まだ小指に触れることもままならない状況にぼくらはいた。結婚までには、どれだけの言葉が交わされるのだろう？（ぼくはまだ18歳で、きみが初めて正式にデートした相手だったけど、それでもちゃんと結婚のことまで考えていた。つき合うとは、そういうことなのだとぼくは思っていた）

とりあえずキスに辿《たど》り着くまででも、ずいぶんと時間が必要なことはおぼろげに認識できた。焦《あせ》る気持ちはなかったし、一生一緒に生きていく相手なのだから、時間はまだたっぷりとあるように感じていた。すくなくとも、初めて言葉を交わしてから、初めてのデートまでにすでに3年を費やしたのだ。きっと3年後にはキスぐらいは交わしているだろう。

そんなふうに思っていた。

5時間の会話で、少しだけぼくらはキスに近付いた。

（キスをするとき、あの八重歯はじゃまにならないのかな）

きみの唇を見ながら、ふとそんなことを考えたりもしていた。

そして日が暮れて、帰る時間になった。

いま振り返ってみれば、あれは最初のデートで、つまり次に続く第一歩だったと言えるのだけれど、あの時は、まだそう思っていいのかどうか自信が無かった。結婚よりもキスよりも、とにかく次のデートの約束を取り付けることが目下の課題だった。

店を出て、ぼくらは駅のコンコースで切符を買った。そのときもまだ、次の約束の話は出ていなかった。ぼくらは駅の改札を抜け、ホームに降りる。5分後にぼくの列車が、その2分後にきみの列車が来る。なのにぼくはまだ、皇帝ペンギンの子育てについて一生懸命きみに語っていた。

(なんでこの話になったのか全く憶えていないけど、ぼくは皇帝ペンギンの子育てについてはすごく詳しかった。今度話してあげるよ)

きみは興味深そうに聞いていたが、ぼくは内心焦っていた。列車が来てしまう。そして列車は来てしまった。

「その」とぼくは言った。

「榎田さんを見送ってから帰るよ。次の電車にする」

そしてきみの電車もすぐに来た。

「あの」ときみが言った。

「もう1台ぐらいは大丈夫だから」

きみの門限は夕方の6時だった。(女子大生の門限が6時！　これじゃ一緒に花火をすることもできない)

7分の猶予が与えられたが、それも瞬《また》く間に過ぎた。たとえ30日与えられても同じだったように思う。たいていの決断は、最後の数秒でなされる。

きみの電車が来て、ドアが開き、ホームの乗客が乗り込む。きみも他の乗客の後に続く。振り向き、ぼくに微笑《ほほえ》む。そこで初めてぼくは言った。

「ええと、次はいつ会えるかな？」

発車のチャイムが鳴り、きみは言った。

「また私、寮に戻っちゃうの」

だから、ときみはチャイムの音に負けまいと声を大きくした。

「手紙を書きます」

そこでドアが閉まった。

「あ、そう」

走り出す列車にぼくは言った。

でもいい、これで終わりじゃないんだから。終わりと始まりとじゃあ、出口と入り口ぐらいに違う。入り口ということは、その向こうにはきっと何かがあるということだ。きっと素晴らしいことに違いない。

このときのぼくは、そんなふうに思っていた。

きみからの手紙は1週間後に来た。ぼくはその翌日、返事を書いて投函《とうかん》した。それからまた1週間ほどして、きみからの手紙が届いた。今度はぼくは3日ほど時間を置いてから返事を送った。

これがぼくらのペースだった。

情熱的な人間が見ればもどかしいように思えたかもしれないけれど、ぼくらにはこれがちょうど心地のよい歩調だった。奥手で地味で生真面目な二人の恋は、静かにゆっくりと控えめに深化《しんか》していった。もしかしたら、この気ぜわしい世の中では、すごく贅沢《ぜいたく》なことだったのかもしれない。

きみが入っていた世田谷《せたがや》の寮には電話が1台しかなかった。寮のすぐ外にも公衆電話があったけど、門限を過ぎてから部屋を出てそれを使うことは許されていなかった。携帯電話も普及していなかったし、たとえ普及していたとしてもぼくらはきっと使っていなかっただろう。

ぼくらは電話が嫌いだった。

電話は不躾《ぶしつけ》で横柄《おうへい》で押しつけがましかった。そしてよく、不躾で横柄で押しつけがましい人間とぼくらを繋ぐことがあった。それはセールスだったり、選挙の票集めだったり、たいして親しくもない友人からの代返《だいへん》の頼みだったりした。電話とそういった人間とは、とても親和性が高かった。

だいたい、世界で最初に電話で発せられた言葉だって、ずいぶんと横柄だった。『ワトソン君、すぐ来てくれたまえ！』（もちろん、グラハム・ベルの言葉だ）のちの電話のありようを暗示している。

とにかく、ぼくらは電話ではなく、手紙による交信を好んだ。


きみの文字はとても美しかった。優等生的で、しかも細く高くすこし語尾が震えるきみの声を思い出させるような可憐《かれん》な筆致《ひっち》だった。

だからぼくは少し恥ずかしかった。ぼくの文字は信じられないくらい下手《へた》くそだった。

ちょっと弁解させてもらうと、これにはぼくの両親の頑迷《がんめい》な思い込みによるところがあった。ぼくは幼い頃に、左ぎっちょを無理矢理矯正《きょうせい》させられた過去があった。左利《き》きは早死にするという不確かな統計を信じた親は、ぼくの左手を紐《ひも》でぐるぐると結んで封印してしまった。しかたなく、ぼくはあまり器用に動かすことの出来ない右手で、箸《はし》を持ち、ボールを投げ、文字を書くようになった。封印された左手は、拗《す》ねていじけて、まともな働きをすることが無くなった。そしていまのぼくは、どちらの手を使っても同じぐらいに下手くそな文字しか書けなくなった。

　おそらく、きみの持ち物の中にぼくの手紙が収められていると思うけど、あまり見て欲しいとは思わない。


「私があなたに送った手紙もここにあるの？」

　澪が訊いた。

「あるよ。結婚したときに実家から持ってきてある」

「読んでみたいわ。どんなことを書いていたのかしら？」

「ふだんの何気ないこととか、クラブの練習のこととか、将来の夢とか」

「将来の夢」

「うん」

「私は大学を卒業して、仕事に就いたのよね？」

「そうだよ。短大だったから20歳で就職した」

「どんな職業を選んだの？　それが私の夢だったのかしら？」

「そうだよ。きみは自分がそうなりたいと願った自分になったんだ」

「何かしら。すごく知りたい。教えて？」

「きみはね」

ぼくは言った。

「フィットネスクラブでダンスを教えるインストラクターになったんだよ」

「ダンス？」

「そう。エアロビック・ダンス」

「私が？」

「そう、きみが」

「信じられない」

「だろうね」

でもさ、とぼくは言った。

「新体操を高校、大学と続けていたことから考えると、そんなに遠い世界じゃないんだ」

「ああ、そうか。私、新体操をやっていたんだものね」

「うん。とにかくきみは踊ることが好きだった。それにもともと教師志望だったからね。だからダンスの楽しさを人に教える職業を選んだんだ」

「教師になっていたほうが、なんとなくしっくりくるけど」

「教員免許は持っていたはずだけど。でも結局、ダンスの方を選んだ」

「それで、あなたと結婚するまでインストラクターを続けたのね？」

「佑司を妊娠するまでだね。というか、きみは気付くのが遅くて、かなりあとまで仕事を続けていたけど」

ふう、と澪が息を吐いた。

「私の人生」

オレンジ色に染まる天井を見ながら彼女は言った。

「なんだか——」

「うん？」

「なんだか、私にしては出来すぎのような気がする。自分がおとなしくて真面目な生徒だったたっていうのは実感できるの」

「うん」

「だから、そんな自分から想像できる人生は、もっと無難で地味な生き方なの」

「ああ、そうかもしれない」

「でしょ？　好きとか嫌いとかでなく、安定しているからとか名前が通っているからとか、そんな理由で就職先を選んで、地味なＯＬになって、それでもこれが私の人生なんだなって満足して生きているの。それこそが私って気がする」

「うん」

「そして、好きな人との恋愛結婚なんかじゃなくて、お見合いとか親戚《しんせき》の小母《おば》さんが世話してくれた人とかと結婚して、やっぱり、それでもこれが私の人生なんだなって満足しちゃうの。もし、あなたからそんなふうな私の話を聞かされたら、きっとうんうんて頷いてしまうと思う」

「わかるよ」

ぼくは言った。

「だって、きみはよくそんなふうに言ってたもん。私にしてはがんばったなあって。絶対に安全な道しか歩かない人間なはずなのに、気が付いたら手摺《てす》りのない細い橋を目をつぶって全力で走っていたって」

「そうなの？」

「うん。きみはすごかったよ」

「すごい？」

「このぼくと結婚したんだもん。その決断はすごいよ」

「でも……」

「ほら、あとで話すって言ったよね。ぼくが抱えているいろんな不具合のこと」

「ええ」

「そういったことも含めて、きみが選んだ人生っていうのは、決して無難で地味な生き方なんかじゃなかった」

「そう？」

「それはもう」

「じゃあ、聞かせて？」

「続きは明日」

「うそ」

「ほんと」

「ここまで気を持たせておいて？」

「うん。またこの話を始めると長くなるから」

「でも」

「ぼくは早く寝ないと次の日にちゃんと働けなくなっちゃうんだ。だから」

「まだ、10時半よ」

「ぼくにしては夜更かししすぎた」

「ほんとに？」

「うん。だからおやすみ」

「おやすみなさい」

「ほんとに、もうねちゃうの？」

「ほんとに」

「でも――」

「おやすみ」


「おやすみなさい」

「そうなの？」


「え？」

「佑司の寝言だよ。きにしないで。おやすみ」

「おやすみなさい」

「そうなの?」

11

仕事の帰りに自転車を飛ばしていると、前を行くノンブル先生とプーに気付いた。

横に並び自転車から降りて声をかける。

「ノンブル先生」

先生は一瞬、空白を置いてからぼくを見て、「おお」と言った。

(この空白は、ぼくも得意だった。すると澪は決まって『どこに行っていたの?』と

訊《き》いたものだ）

「仕事の帰りかな？」

「そうです」

「佑司くんは元気にしているかい？」

「元気ですよ。先生は？」

「まあ、なんとかかね。人間、この年になるとなにも無いというわけにはいかなくなる。10のうち5の痛みで済んでいるなら良しとしなくてはね」

「今日はじゃあ5で済んでいるんですか？」

「その辺だね」

プーがぼくを見上げてしきりに「～？」と言っている。ぼくはよしよしと言って、足でプーの腹をさすった。

「小説は進んでいるのかな？」

先生が訊いた。

「いえ、ここのところちょっと止まっています」

先生はおや？　と言った。それはまた何でだろう？　という言葉を簡潔に表したのだ。

ぼくは、急速に湧《わ》き上がってくる衝動を感じた。

『打ち明けちゃおうかな』

『澪のこと言っちゃおうかな』

そういった衝動だ。でも、信じてもらえるだろうか？

「澪」

とりあえず、ぼくはそう言ってみた。

プーが「～？」と言った。

先生もそんな顔をしてぼくを見た。

「彼女が？」

「そうです」

「そうです？」

「彼女が帰ってきたって言ったら、先生どう思います？」

ああ、と先生は得心《とくしん》した顔になった。

「小説の話だね？」

先生は言った。

「そういう状況設定にするんだね」

ぼくは曖昧《あいまい》に頷《うなず》き、話を進めた。

「彼女、生きているときに言っていたんです。雨の季節になったら戻ってくるって。

ぼくらがちゃんとやっているかどうか見に来るって」

　先生は何も言わずに聞いている。

「そしたら、ほんとに帰って来ちゃったんです。あの、森の向こうにある工場の跡地にいたんです」

　先生の顔が少し怪訝《けげん》そうな表情になった。

「それで、家に連れて帰ったんですけど、彼女、記憶を失っていたんです。自分が誰《だれ》なのか分からなくて、1年前にこの世を去ったことも忘れていて」

「それが小説の筋なのかな？」

「いえ、ほんとのことです。いまもアパートでぼくの帰りを待っているんです」

「澪さんが？」

「はい、澪がです」

「つまりそれは」

「彼女の幽霊です」

　先回りしてぼくが言った。

「小説の筋じゃなくて？」

「じゃなくて」

　先生はぼくから視線を外し、足下《あしもと》のプーを見下ろした。プーも先生を見上げていた。

二人でぼくの話の真偽を話し合っているように見えた。

ぼくは結論が出るまで黙って待つことにした。


澪はノンブル先生が好きだった。

この町でぼくら夫婦が暮らし始めて、最初に打ち解けて言葉を交わし合えたのがノンブル先生だった。ショッピングセンターで夕食の材料を買った帰りに、17番公園で先生と出会った。もう7年も前の話だ。

先生はその頃《ころ》から、ずいぶんと年をとった老人だった。（事務所の所長と同じだ）プーはまだいまよりもずいぶんと若く、思慮深く寡黙《かもく》な青年といった風情《ふぜい》だった。その頃から「～？」としか言わなかったけれど。

以来、週に何度か17番公園で短くも長くもない言葉を交わし、浅くも深くもない付き合いを続けてきた。夫婦揃《そろ》って人づきあいが苦手だったから、この先生とのささやかな交流は、ぼくらにとっては唯一とも言える社交の場だった。先生は澪を孫のように可愛《かわい》がってくれたし、彼女も先生を慕っていた。

だから、
だから、雨の季節が終わる前に、もう一度二人を会わせてあげたかった。アーカイブ星に戻ってしまう前に、二人を。

澪は先生をきっと忘れてしまっているだろうけど、でも会ってみれば、通い合う何かがあるはずだ。だから、それにはまず、先生に事実をちゃんと認識してもらう必要がある。いきなり会わせたら、高齢な先生の心臓は規定数に達するまで一気に拍動《はくどう》して、そのまま黙り込んでしまうかもしれない。


「それで」と先生が言った。

「澪さんはその、どんなふうなんだい？」

先生は奇妙な手つきで、何かを表現しようとしていた。足があるのか？って婉曲《えんきょく》に訊こうとしていたのかもしれない。

「普通です」

ぼくは言った。

「まったく、以前の澪のままです。外見も性格も、声も匂《にお》いも。ただ記憶がない」

「そうかね」

何となく先生はほっとした様子だった。

「会ってくれますか？」

ぼくが訊くと先生は小さく何度も頷いた。いつもの震えとあまり変わらなかったが、それは確かに肯定の仕草だった。

じゃあ、とぼくは言った。

「明日、17番公園で」

「いつもの時間かね?」

「はい。連れてゆきます」

「いいよ。私はいつものとおり、あのベンチにいるから」

「はい」

そしてぼくは、さよならと先生とプーに言って、再び自転車にまたがり家を目指した。

12

幽霊である妻に欲情するということは、果たして正しいのか?

これは相対的な問題でもある。つまり、ぼくがそんな気持ちになったのは、彼女がそんなふうだったからだ。そんなふうというのは、彼女が幽霊なのにひどくなまめかしく、健康的な肉体を持っているということ。それは、例の化学物質と同じように、ぼくら男たちに訴えかけている無言のメッセージだ。

『ほら、見て。私はこんなに成熟しているの。いつだって、あなたの子供を産めるのよ』

膨《ふく》らんだ胸や、ぎゅっとすぼまったウェストがそう言っているのだ。見事に張った腰が、『まかせておいて！』って言っている。

でも、彼女は幽霊だ。

幽霊は子供を産まない。

だとしたら、何故《なにゆえ》にあれほどなまめかしいのだろう？

グラスに水を汲《く》んで飲んでいると、シャワーから上がった澪が佑司の身体《からだ》を拭《ふ》いているのが見えた。

うちのアパートはシンクの隣がサニタリーになっていて、そこが脱衣スペースにもなっている。いちおうビニール製のロールスクリーンがあるが、それが下げられたことはなかった。だから、二人の姿はぼくの位置からよく見えていた。

彼女は無防備で、何も身につけない姿のまま、佑司の身体をバスタオルで拭いていた。

ずいぶんと久しぶりに彼女の身体を見た。細いばかりだったように記憶していたけど、ささやかながらも俯《うつむ》いている彼女の乳房が揺れている。腰も元ダンスのインストラクターらしく、ちゃんと発達している。『まかせておいて！』って言っている。

幸福な記憶が蘇《よみがえ》る。柔らかく、熱を帯びた記憶だ。

ぼくはごくりと口の中の水を飲み込んだ。

澪が顔を上げ、ぼくを見た。

とくに慌てるでもなく、ゆっくりとバスタオルを持ち上げ、自分の身体を隠した。そのままじっとこちらを見つめているので、ぼくは照れ笑いを浮かべその場を離れた。


あとで彼女が言った。

「まだ、待ってね」

「うん？」

「その、まだ心の準備が出来てないの。あなたの妻だっていう実感はあるんだけど、こればかりは」

「ああ、そのこと？」

「ええ、そのこと」

「ぜんぜん、気にしないで。きみの望むことがぼくの望むことなんだから。きみが望まないときはぼくも望んでなんかないよ」

「ほんとに？」

「ほんとに」

「でも」と彼女は言った。

「さっき、私の裸を見ているときの目は、望んでいるように見えたけど？」

「ああ、ごめん。あれは記憶に反応しちゃったんだ」

「記憶？」

「ちょっと前のさ、きみとの柔らかくて熱い記憶だよ」

前半分が嘘《うそ》で、後ろ半分が本当だった。

「そう？」

どことなく彼女は夢見るような眼差《まなざ》しだった。

「私たちは、その」

そこで少し口ごもり、それから口早に継いだ。

「その、うまくいっていた？」

「それはもう」

「そうなの？」

「それはもう」

その冬、年が明けて最初の月曜日にぼくらは会った。

2回目のデートだ。

「3か月以上も会わずにいたのね」

テーブルの向かいで澪が言った。佑司はTVのイタリア語講座を一生懸命見ている。これのガイド役のお姉さんが大好きなのだ。

「でも、たくさんの手紙を交わしていたからね」

ぼくは言った。

「何て言うか、ドア越しにずっと言葉を交わし合っていたような感じかな。だからこの日は、そのドアをぱっと開いたような気分だった。いつもすぐそばにきみの存在を感じていた」

「ファッチアーモ　メタ　メタ！」

佑司が叫んだ。

「何？」

「私たちは、はんぶんずつにします、だってさ」

「あ、そう」

今回も待ち合わせの場所は駅のコンコースだった。

この前の時は5分前に来たらすでにきみがいたから、今度は15分前に来てみた。きみの姿が無いことを確認すると、ぼくはフランクショーターのバッグから文庫本を取り出し、読み始めた。ヴォネガット（このときの彼は下にジュニアと付けていた）の『タイタンの妖女《ようじょ》』。すでに3度目の読み返しだった。ちょうど最後の場面で、過去2回ぼくはここで泣いていた。そして、やはり今回も涙が出た。マラカイ・コンスタントのためにぼくは泣いた。

「秋穂くん？」

顔を上げるときみがいた。

「泣いてるの？」ときみが訊《き》いた。

「うん、泣いてる」

「何が悲しいの」

ぼくは『タイタンの妖女』を掲げきみに見せた。表紙は首輪で繋《つな》がれた犬の骨の絵だった。

「それが悲しいの？」

ぼくは頷《うなず》いた。

それからしばらくのあいだ、きみはこの小説を愛犬が死んでしまう悲しい物語だと思いこんでいた。

時計を見ると約束の時間の10分前だった。ぼくらはお馴染《なじ》みとなった喫茶店に向かった。

「そういえば」ときみが言った。

「いつも秋穂くん本を読んでいたよね。休み時間とか、自習の時間とか」

「そうだね」

「私も好きよ。でもホームズとルパン専門だけど」

知ってる、とぼくは言った。

「そう?」

きみが思う以上に、実はぼくはきみのことを見ていた。

「そのモヘアのセーター」とぼくは言った。

「似合ってるね」

ありがとう、ときみは言った。

店に入って注文を済ませると、ぼくはバッグから包みを取り出しテーブルの上に置いた。

「もうすぐ誕生日だよね」

だから、と言ってぼくは包みをきみに押しやった。

「誕生日プレゼント」

きみはものすごく嬉《うれ》しそうな顔をした。包みとぼくを交互に見て、それから嬉しいと言った。

「こんなふうに男の人からプレゼントをもらうの初めて。ありがとう」

開けてみて、とぼくは言った。

包み紙は父親がお歳暮でもらってきた菓子詰めの包装紙からの流用だった。開くとバニラの香りがぷんと広がった。

「これ私？」ときみが訊いた。

「そう、榎田さん」

それは安いプラスチックのフレームに収まったA4サイズのペン画だった。黒インクと鉄ペンで描かれたきみの後ろ姿。何故《なぜ》か思い出して描こうとすると、きみの後ろ姿ばかりが頭に浮かんでいた。きっと、その長くなった髪がよほど嬉しかったんだと思う。

ぼくはこのとおり、ものすごいくせっ毛だから、綺麗《きれい》な髪にいつも憧《あこが》れている。これも一種のフェティシズムなのだろうけど、スパイクヒールのミュールに惹《ひ》かれるよりはよほど生物学的に正しい。

「すごく嬉しいわ。大事にする」

　いまから思えば、あんな安上がりなプレゼントを本気で喜んでくれたきみは貴重な存在だった。全部で1000円もかかってなかった。真剣に競技に打ち込む学生は、たいてい信じられないくらい貧乏だった。いまじゃ、小学生の女の子だってこんなプレゼント喜ばないだろう。

　絵が上手なのねときみが言った。

「美大に行きたかったんだ」

「なぜ行かなかったの？」

「目がね」とぼくは言った。

「あんまり良くないんだ。交差点の信号を見分けるのも苦労するぐらいの色弱でさ」

「知らなかった」

「ぼくだって知らなかった。みんなぼくと同じ世界を見てるんだとばかり思ってたから」

「そう？」

「うん。それで先生から諦《あきら》めるように言われた。普通のサラリーマンになりなさいって。それならなんの不都合もない」

　もったいないなあ、ときみは言った。写真みたいにそっくりに描けているのに。

この頃《ころ》からきみは何気ない言葉で、ぼくのささやかな自負心を持ち上げることが上手だった。そして大事なのは、きみがそれに気付いていないということだった。
きみが無自覚に放つ言葉で、ぼくがどれだけ自分を誇らしく思えたことか。

私からもプレゼントときみが言った。
過ぎてしまったけれど、誕生日とクリスマスの。
ニットの耳当て。
「走るとき冷たいでしょ？　だから」
ありがとう、とぼくは言った。嬉しいよ。
ほんとに嬉しかった。
だから、
いまでも大事にとっておいてある。
ニットの耳当て。
きみからもらった最初のプレゼントだ。

「この日もぼくらはやっぱり5時間ぐらい話し込んでいた」

「そして、交わした言葉の分だけ、私たちは近づけたのね？」

「きっとね」

「そう？」

「だって、この日ぼくらは手を握りあったからね」

「すごい！」

「でしょ？」

「がんばったのね。えらいわ」

「それほどでもないんだけど」


列車を待つあいだ、きみが手に息を吹きかけて温めているのを見て、ぼくは訊いた。

「冷たいの？」

「ええ。手袋を忘れちゃったの。ポケットもついてないし」

たしかにきみのモヘアのセーターにも、チェックのロングスカートにもポケットはなかった。セーターの下にもこもこと何枚か着込んでいるのは分かったけど、上から羽織るコートやジャケットをきみは持っていなかった。

「じゃあ、ぼくのポケットを貸してあげるよ」

きみは隣に立つぼくの顔を見上げ、それから視線を戻し、また自分の指に息を吹きかけた。逡巡《しゅんじゅん》を思わせる何秒かの沈黙があり、それからきみは言った。

「じゃあ、おじゃまさせてもらいます」

そしてぼくのピーコートのポケットに左手をさし入れた。そこにはすでにぼくの右手があったから、必然的に二人の手が触れ合った。本当にきみの手は冷たくなっていた。細く小さく、ひどくたよりない感触だった。思わずぼくは、ポケットの中できみの左手を握りしめた。怯《おび》えた小動物のように、きみの指がぴくりと動いて、それからゆっくりと力が抜けていった。

「これって、どことなく自分の巣穴に入り込んだ生き物を捕食する肉食動物みたいだよね」

「ええ、そんな感じ。私は食べられちゃったのね」

「ごちそうさま」

左手が温まると、ぼくらは立つ位置を入れ替え、今度は右手を温めた。

『ようこそ、左ポケットへ』

今度は2度目だったから、二人ともリラックスしていた。1度目はきみの左手とぼくの右手の出会いだった。そして今度はきみの右手とぼくの左手の出会いになったわけだけど、だいたいにおいて1度目と相違はなかった。充分予想できたことだ。

「ぼくには全然下心はなかった」

「でしょうね」

「そう?」

「ええ」

澪は少しぎこちない笑みを浮かべ、それからぼくに向けて手を差し伸べた。

「あなたの手を」

ぼくは右手を伸ばして、彼女の指先に触れた。

「こう?」

「そう」

彼女はぼくの手をそっと握りしめた。

「温かいわ」

「そうかな」

「18の頃と同じように、こうやってあなたに少しずつ慣れていきたいの」

あなたが好きよ、と彼女が言った。

わけもなく(いや、わけは充分あった)、ぼくの胸の鼓動が速くなった。

「きっと、好きだっていう記憶が少しは残っているのかもしれないわ」

だから、と彼女は言った。

「こうやってあなたの手を握ることもできる」

彼女は視線を落とし、少しはにかむような顔になった。

「こんなふうに大胆になれるのは、私があなたの妻だって知っているから。私たちが愛し合って結婚して、ずっとこうして手を触れ合ったり、キスしてきたってことを知っているから」

そうでしょ？

「もう少し待ってね。3年待ってなんて言わない。たった3日で手を握り合えたんだもん。明日になればもっと深くつき合えるはずよ」

「急ぐことはないよ」

ぼくは言った。

「きみの望むとおりにしてくれればいい」

「私の望みは、一日も早く普通の生活を取り戻すことなの。あなたの妻として、佑司のママとして、きちんとやっていけるようになりたい」

「もう、充分やっているよ」

「ならばもっと。もっと、さりげなく振る舞えるようになりたいの」

知ってた？　と彼女は訊いた。

「なにを？」

「こうやって繋いでいる私の指先が震えているの」

「みたいだね」

「だって」

彼女は言った。

「私にとっては、いま生まれて初めて男の人と手を結んだのと同じことなの。すごく緊張するわ」

でも、実はぼくもかなり、かなりなことになっていた。ぼくのほうは澪ほどでないにしても、やはり1年のブランクがあった。1年ぶりに繋いだ妻の手は、ぼくをそうとう落ち着かなくさせた。

客観的に見れば、6年間連れ添った夫婦が手を繋いだだけで顔を赤らめているなんて滑稽《こっけい》だったかもしれない。だけど、ぼくらは真剣だった。そして、真剣な人間なほど、ときとして人には滑稽に映るのだということも事実だった。

「ファッチアーモ　ポコ　ポコ！」

突然、佑司の声が響いた。

びっくりして、二人は慌てて手を放した。

「今度はなにさ？」

「私たちは少しずつ分けます、だってさ」

「あ、そう」

澪は真面目《まじめ》であるとともに実際的な女性でもあった。記憶を失ったことであれこれ悩むよりも、事実を受け入れ、自分がすべきことをこなしていくという考え方は彼女らしかった。それは佑司の世話だったり、料理だったり、その他いろいろだったりする。

それはいい。

だけど、
彼女は幽霊だ。

いつかはこの世界から帰って行ってしまう。そのことを知らずに、けんめいに努力する姿は、ぼくをちょっと切ない気持ちにさせる。

彼女は知らない。

自分が1年前に死んでしまったことを。そして、遠からず、2度目の別れがやってくることを。

13

パチン！


目が覚めた。

枕元《まくらもと》の時計を見ると2：35と表示されていた。少し冷える。窓の外からはぱらぱらと雨の音が聞こえてくる。

いつもの習慣で、まず隣の佑司を確かめる。

鼻をズーーいわせながらぐっすりと眠っている。両手をバンザイの形に持ち上げているのでフトンの中に戻してやる。

澪がいない。

ぼくはフトンから抜け出し、キッチンに向かう。シンクの小さな灯《あか》りの中に彼女がいた。椅子《いす》に腰を下ろし、ぼんやりと自分の指先を見つめている。

ぼくに気付き、顔を上げる。

「ごめんなさい。起こしちゃった？」

「いや、そうじゃないよ。ちょっと意地の悪い奴《やつ》がいてさ。ぼくが見ている夢を消しちゃうんだよ」

ぼくは親指と中指でパチンと音をたてようとするが、実際には何かを擦《す》り合わせたような音しか出ない。しかたなく口でパチンと言う。

「こうなるとね」

ぼくは言った。

「しばらくは眠れなくなるんだ」

きみは？　と訊《き》くと、澪はゆっくりとかぶりを振った。

「何となく。いろいろ考えていたら目が冴《さ》えちゃって」

そう。

「ここは冷えるよ」

ぼくは彼女を促《うなが》し、キッチンと続きの部屋に移動した。クッションをぱんぱんとはたいて彼女に渡す。

「どうぞ」

「ありがとう」

それぞれが大きなクッションを背にして並んで座る。キッチンと、そして隣の寝室から届く柔らかな光に、ぼくらは仄《ほの》かに照らされていた。

「焦《あせ》ることはないんだよ」

ぼくは言った。自然と囁《ささや》くような声になる。

「ポコ　ポコ」

「ポコ　ポコ？」

「少しずつね。少しずつやっていこうよ」

「そうね」

ぱらぱらという雨の音に、タン、タン、タンという大きな雫《しずく》の音が混じる。音は規則正しく、果てしなく続くように感じられる。澪が小さく身を震わせて、凍えた吐息を漏らす。

「寒い？」

「少し」

ぼくはそっと腕を伸ばし、彼女の肩を抱く。

コットンのパジャマを通して、彼女の柔らかな肉体を感じる。

「ありがとう」と澪が言った。

「あたたかいわ」

「その言葉」

ぼくは言った。

「懐かしいな」

「そう？」

「うん。前にもね、きみが同じように言ったことがあったんだ」

「あなたに肩を抱かれたときに？」

「そう。すごく大事な夜にね」

「そのときの話はまだ聞いていない？」

「まだだよ」

「教えて。知りたいわ」

「じゃあ、教えてあげる」

それは21歳の夏の夜の話なんだ。

ぼくらは1年ぶりに再会する。

「再会って――」

「うん、それまでぼくらはずっと離ればなれだった。その前の夏に別れてしまっていたから」

「私たちが？」

「うん」

「あんなに真面目《まじめ》におつき合いしてたのに？」

「そうだよ」

「うそみたい」

「でも、ほんと」

「何があったの？」

「前に言ったよね。ぼくはいろんな不具合を抱えているって」

「ええ、あとで話してくれるって言って、まだ聞いていないわ」

「いまから話すよ。結局、それが全ての始まりだから」


始まりは、ことの重大さから比べると穏やかだった。

下がらない微熱。風邪《かぜ》でもないのに37・5度ぐらいの熱がずっと続いた。

実のところ体調は良かった。800mのタイムはオフシーズンにもかかわらず、すでに自己のベストタイムを上回っていた。ぼくの肉体はかつてないほど高められ、意識はどこまでも澄み渡っていた。

この頃《ころ》のぼくはほとんど食事を摂《と》っていなかった。何も食べなくても、ぼくは月と太陽から無限の動力を供給されていた。眠る必要もなかったし、休息は心地よさよりも苦痛をもたらした。とにかく何かに衝《つ》き動かされるように活動し続けた。

練習量は日に6時間を超えていた。

食べず、眠らず、そしてぼくは年が明けてからすでにマリアナ諸島に到達するほどの距離を走り続けていた。

それから、
あっさりと壊れた。当然の帰結だった。


4月の2番目の土曜日。

ぼくは呼吸困難の発作を起こして病院に運ばれた。ようは、この時初めてカチンとスイッチが入り、バルブが開かれ、そしてレベルゲージが振り切れたのだ。

何事においても初めての時は、過去の体験を参照することができないので、実際以上に大袈裟《おおげさ》に感じられる。ぼくは絶対死ぬんだと思い、そう思ったら死ぬほど不安になった。

とりあえず肺炎だか気管支炎だかの診断を下され、そのころ摂っていた食事よりもよほど多い量の薬を手渡され、ぼくは病院をあとにした。しかし、その3日後にまた発作を起こし、慌てて病院に舞い戻る。これが、ぼくをつくり上げるための設計図のミスであり、脳内で重要な化学物質がでたらめに分泌《ぶんぴつ》されることが原因であると知ったのは、ずっとあとになってからのことだった。

ぼくはいくつもの病院を渡り歩き、診察券でカードマジックが出来そうなくらいパスケースは膨《ふく》らんだ。病院の数だけぼくは自分の病状を語り、病院の数だけ血を抜かれ、病院の数だけ医者は首をかしげた。

どうも確たる結論は出そうにもない、というのがこの頃ぼくが自分に下した唯一の結論だった。病名は明らかにならなかったが、様々な不具合は現としてそこにあった。眠れない夜が続いた。苦しみから逃れるために眠りたかったけど、眠れないことでさらに苦しみが増えてしまった。

部屋から外にでることは、そうとうな難事業だった。最初の頃は家から200mと離れることが出来なかった（病院詣《もう》では、もっとあとになってから始まる）。

100m離れた場所から見る我が家は、遠日点《えんじつてん》にある冥王星《めいおうせい》から見た太陽のように心もとなげだった。200mを超えると、ぼくは太陽系を離れるアストロノーツのように心細くなって、いてもたってもいられなくなる。結局、放り上げられたボールのように、もとの場所に勢いをつけて戻っていくことになる。

当然、大学には通えなかったし、将来の見通しはかなり暗かった。

きみとは3度目のデートの約束をしていたけど、果たすことは出来なかった。ただ、都合が悪くなったとだけ告げて、とりあえず夏に会う約束を交わした。


「体調が悪くなったことは教えてくれなかったの？」

「うん、なんだかね。普通の病気とは違っていたからね。言いづらかった」

「言ってくれれば良かったのに」

「正直言うとね」

「ええ」

「この時、ぼくはすでにきみのことを諦《あきら》めようと思っていたんだ」

「諦める？」

「うん。見通しは暗いと言うより、未来は存在しなかった。あるとすれば、親に養ってもらって、家庭菜園でトマトを育てるようなそんな未来だけだった」

「でも」

「そのときは、本気でそう感じていたんだ。なにか、そうとうまずいことが起きているのが分かった。不可逆的に何かが変わってしまったことが」

だから、とぼくは言った。

「そんなぼくの人生にきみをつき合わせるわけにはいかなかった。まだ手を繫《つな》いだだけだ。きみはいくらでも引き返せる」

ぼくは澪に、いまもぼくが抱えている様々な不具合を話して聞かせた。

ぼくはものすごく記憶力が悪い。

とくに短期記憶に問題がある。これはなんでも頭の中にある海馬《かいば》っていう部分がどうにかなってしまっているかららしい。海馬って言えば、セイウチのことだから、どの人間の頭の中にもちっちゃなセイウチがいるんだろうか？　まあ、どうでもいいんだけど。

それから、ぼくはいろんなことが出来ない。普通の人が普通にやっていることが、ぼくにはとても普通とは思えない。

家から離れることだってそうだ。初め２００ｍも離れられなかったぼくは、その距離をがんばってどうにか延ばしていった。この病気に比較的良く効く薬を飲み始めたとき、一時的にかなり遠くまで行けるようになったんだけど、いまは半径１００㎞ぐらいが限界だ。

もっとも、そこまで行く手段をぼくは持っていないんだけど。

ぼくは電車に乗れないし、バスにも乗れない。飛行機も潜水艦も宇宙船も乗れない。ディズニーランドのスターツアーズにすら乗れない。ビルの20階以上高いところに行けないし、地下にも行けない。映画館にも劇場にもコンサートホールにも行けない。ものすごい心配性で、ぼくは何事に対しても必要以上に不安を感じてしまう。ぼくから見れば、こんなに危なっかしい世界で、当たり前の顔して暮らしている人々のほうがよほどどうかしているように思える。

息を止めたら、窒息死してしまうのに、そのことを心配もせず、あまつさえ息をしていることを忘れてしまうのはあまりに無頓着《むとんちゃく》すぎる。

毎日何百人という人間が交通事故で死んでいるという統計があるのに、自分だけはその数字の外にいると盲信して、さしたる注意も払わずに外を歩き回っているのは自殺行為だ。通りで子供の手を放すのは、度《ど》し難《がた》い無思慮ぶりだ。

言っておくけど、ぼくは、自分が支えていないとビルが倒れてしまうと心配している例の酔っぱらいとは違う。

「そう？」

「そうでしょ？」

「そうなのかな？」

「違うの？」

まあいいけど。確かに、過剰反応であることは認めるよ。それが、化学物質のなせるワザなんだから。

とにかく、そんなもろもろの不具合を抱えてぼくは生きている。

大学は無理して通っていたんだけど、結局3年生になる前に自主退学してしまった。とりあえず、薬の力で行動範囲は広がったけど、それが気休めに過ぎないことも知っていた。薬っていうのはすぐに耐性ができて、効果が弱まってしまうんだ。そのたびに新しい薬に換えていくわけだけど、ぼくは途中で止《や》めてしまった。身体《からだ》の外から取り入れる化学物質は、それを分解したり濾《こ》したりする器官にものすごく負担をかける。ぼくのはあまり上等な器官じゃなかったらしく、あっさりと音《ね》を上げてしまったから。

すぐに夏は来た。

その頃、ぼくは125ccのスクーターに乗っていた。実は17歳の時に中型バイクの免許を取っていたんだ。それで、きみの町の駅前で待ち合わせた。

この時のぼくは、きみを自分から遠ざけなくてはいけないんだという思いと、きみを強く求めてやまない気持ちとの間で激しく揺れていた。真実を伝えることをためらっていたから、きみはぼくの言動に戸惑っていたかもしれない。

きみをスクーターのタンデムシートに乗せて、すぐ近くの運動公園に行った。きみは初めて二輪車の後ろに乗ったものだから、ものすごい力でぼくにしがみついた。運動公園に着く頃には、ぼくの背中ときみの胸は汗でびっしょりになっていた。どことなく胸を騒がせるような挿話だけど、何を感じていたのかあまりよく憶《おぼ》えていないんだ。きっと、それどころじゃなかったんだろうね。

公園内にあるスタジアムの階段にぼくらは並んで座った。

ほんの1年前に、ぼくはこのスタジアムのトラックで、伝統ある対抗戦の大会新記録をつくっていた。国内で自分より速く走れる人間の数が二桁《けた》になって、2年後にはそれが一桁になる予定だった。

それがいまでは、5分も歩くと息が上がってしまう。

すばらしい。

ぼくはきみに対して素っ気ない態度を取っていた。冷たい態度をとれるほどぼくは自分を偽《いつわ》れる人間じゃなかった。ただ、ちょっと返す言葉を遅らせたり、いつもより小さな声だったり、顔をまともに見なかったり、それが精一杯だった。

それでもきみはすぐにぼくの態度が違うことに気付いた。その理由を訊《たず》ねることなど決してできないのがきみだった。だから、きみもやがて言葉少なになり、ついには俯《うつむ》いてしまった。

きみを遠ざけること。

できれば、きみが自分から離れていってくれるのが望ましい。たとえば、ぼく以外の誰《だれ》かを好きになるとか。そうすれば、きみはきっと遠からずぼくのことを忘れていってしまうだろう。

それが、いい。

ぼくはひとりで生きていく。

いや、実際にはひとりではとうてい生きていけそうにもなかった。父さんと母さんに面倒を見てもらいながら、静かに暮らしていく。

そして、ときどききみを思い出して、どうしているかなあって考えて。そうやって、庭の畑で成長するトマトを眺めながら年をとっていこう。

そう考えていた。

だから、この日を最後にしなくてはいけない。

ぼくは、きみといる時間がひどく退屈でつまらないという態度をとることにした。わざと溜《た》め息をついたり、気付かれぬように時計を見るふりをわざと気付かれるようにやってみたり。ときおりきみが試すように口にする話題には、無理して関心があるふりをしているように演技した。

「寮にね、かわった女の子がいるのよ」

「そう？」

「うん」

ここできみは口ごもる。ぼくの声がわざとらしいから。

「どういう子なの？」

「あの――宇宙飛行士になるのが夢なんですって」

「へえ」

「だからね」

また、口ごもる。

「だから？」

「毎晩、1時間も歯を磨くの」

「どうして？」

「だって、虫歯があると宇宙飛行士にはなれないからなんだって」

「それはすごいね」

こんな感じ。

そのあと、沈黙があり、溜め息、時計となる。

やな奴。

こんなやりとりが何度かあって、きみは完全に黙り込んでしまった。ふたりは長いこと何もしゃべらずにコンクリートの階段に座っていた。

ぼくらはスタジアムのひさしがつくる影の中にいた。スタジアムの外周を、子供たちが自転車で走り回っていた。

きみが涙をこらえていることをぼくは知っていた。うつむき、八重歯《やえば》がのぞく唇をぎゅっと閉めて、きみはこらえていた。

ぼくはもう一度、溜め息をついた。自分でもここまで出来るとは思っていなかった。でも、やり通した。

「帰ろうか?」とぼくは訊いた。

きみは俯いたまま、こくりと頷《うなず》いた。

まだ1時間も経《た》っていなかった。ぼくは来たときと同じようにきみをスクーターの後ろに乗せ、駅に向かった。

きみは何も言わなかった。

駅に着くと、ぼくはきみに訊いた。

「家まで送らなくていいの?」

「大丈夫」

きみは言った。

「ここからすぐだから」

「そう」

そのまま、すぐにこの場を去れば完璧《かんぺき》だった。でも、去ることが出来なかった。ぼくは、やっぱりきみを求めていた。きみと一緒にいたかった。こんなふうに素っ気なく、嫌みな態度をとっても、それでもきみの気持ちが変わらずにいてくれることを願っていた。

ぼくは矛盾した存在だった。自家撞着《じかどうちゃく》的な思いに、人格が二つに引き裂かれていた。きみが好きだから、だからきみを遠ざけようとし、だからきみを求めようとしていた。

ぼくらは押し黙ったまま、駅前の歩道にふたり並んで立ち尽くしていた。

「今度はいつ会えるの？」

きっと不安を感じていたのだろう。きみは初めて次の約束をぼくに訊ねた。

「わからない」

ぼくは答えた。

「忙しいんだ、いろいろ」

「そう？」

「うん」

ぼくはきみから目を逸《そ》らし、やけに青く見える夏の空を仰いだ。

「手紙を書くね」

精一杯の勇気を出して、きみが言った。

手紙はぼくらの世界の中心にあった。これまでもが拒絶されれば、ふたりの間にある親和力はほどけて、きみは寄る辺《よるべ》を失ってしまう。

きっと、ぼくは拒絶すべきだったんだろう。きみの隣にぼくは相応《ふさわ》しくない。きみの隣にはぼくでない誰か、やさしくて、強くて、健康な誰かこそが似つかわしい。

けれど、

「待っているよ」

ぼくは言った。

「待ってる」

それ以外に、ぼくになんと言えただろう？

「私は何も知らなかったのね」

ぼくに肩を抱かれたまま、澪はその身を震わせていた。

「気付きもしなかったのね」

「そのようにぼくが望んだから」

「言ってくれれば良かったのに。私はきっと――」

「きみはすごく真面目なひとだった」

　ぼくは澪の言葉をさえぎった。

「責任感とかね、そんなことでもきみは誰かと一生添い遂げることのできるひとだった」

「そんな――」

「わかってる。それだけじゃないことは。たとえぼくが抱えているいろんな不具合の話をしても、きみはきっとぼくのことを好きでい続けてくれることも」

「ずっと好きでいたわ」

「うん。でもさ、やっぱりぼくのあまりに冴えない人生にきみをつき合わせるのは良くないなって、この時は思っていたんだ。好きあっていてもさ、幸せとは限らない」

「そんなことはない。お互いをすごく好きだって思って、それがずっといつまでも続くことのどこが幸福でないと言うの？」

「そうだね。だけどこの時のぼくは、そんな考え方ができなかったんだ。幸福ってきっと目に見える形のあるものだと思っていたから」

「そんなの」

悲しい、と澪は言った。

「幸福は数えたり、量ったりできるものじゃないのに」

「うん」

いまならぼくにもわかる。

きみと6年間暮らしてきたいまなら。そして、その日々を失ったいまなら。

「何も言わずにきみの人生から去っていく。あまり目立たずにね。静かに、そっと。日向《ひなた》の水溜まりみたいにさ。そっと消えていく。まだ、ぼくはそのつもりでいた」

きみとの手紙のやりとりは続いていた。

いままでと変わらない、何気ない日常の光景をきみは綴《つづ》り、ぼくはそれに返事を書いた。ぼくは少しずつ返事を投函《とうかん》するまでの時間を長くとるようにしていった。1週間後に出していた返事の手紙が10日後になり、2週間後になった。

少しずつ、消えていく。

佑司ならこう言うよね。

ポコ　ポコ

冬になりきみが帰省しても、ぼくは何かと理由を付けて会うことを避けていた。それでいて、ぼくは昼間からベッドに横になってきみのことばかり考えていた。手紙を何度も読み返し、その文字からきみの顔を思い浮かべた。

この頃のぼくはかなりひどい状態になっていた。すでにいくつかの病院を訪れていたけど、もとのぼくに戻してくれそうな医者は見つからなかった。

何となく、最初の頃は期待している部分もあった。こんなことがいつまでも続くわけがない。そう思っていた。

でも、時間とともにその期待も後ずさっていく。そうすると、親しげにすり寄ってくるのが「絶望」だ。

誰かも言っていたよね、絶望が一番たちが悪いって。

ぼくはいま自分が抱えている苦しみそのものよりも、この苦しみが一生続くのだという見通しに一番苦しめられていた。

きみに会いたかった。

きみの隣にいたかった。

だけど我慢した。

まあ、そんな感じでまたすぐに半年が過ぎた。

きみは短大を卒業して、前にも言ったようにフィットネスクラブでダンスのインストラクターを始めた。ぼくは、大学を退学し、家の近所のコンビニエンスストアーでアルバイトをしていた。ぼくは自分の世界の半径を少しずつ広げようと、しつこい努力を続けていた。

きみの手紙の内容が変わり始めたのもこのころだ。学生から社会人になったのだから当然のことではあったけど、きみがぼくの知らない人間になっていくようで少し寂しくも感じていた。

きみだけが前に向かって進んでいく。

ぼくは、19歳の春から一歩も踏み出すことができずにいた。

初めのうちはすぐ手の届くところに見えていたきみの後ろ姿も、いまではずいぶんとはるか先にあった。

きみは楽しそうだった。知らない名前がいくつも手紙に登場した。きみが無自覚に書く挿話から、ぼくは、ああこの男性はきみのことが好きなんだなあって、容易《たやす》く想像することができた。きみがぼくから離れ、他の誰かへ少しずつ近付いていく。

ポコ　ポコ

これで良かったんだと、ぼくは自分に言い聞かせた。

これがぼくの望むことだったんだよね?

そうだよ、とぼくは答えた。

それである日、ぼくはきみに手紙を書いた。

のっぴきならない事情により、これから先きみへの手紙を書くことができなくなりそうです。

ごめんなさい。

さよなら。


きみからの手紙はそれからもたくさん届いた。

「のっぴきならない事情」をきみが訊ねることはなかった。ただ、自分のまわりの出来事を、いままでよりも少し控えめな言葉で綴り、いままでよりも少し控えめな間隔で送ってきた。

そして、8月の第3週の木曜日に、きみはぼくのバイト先に突然やってきた。

「元気だった?」ときみは訊いた。

「元気だよ」

「少し痩せたみたい」

「うん。少し痩せたかな」

きみはすごく綺麗《きれい》な女性になっていた。髪が長くなっていた。少し化粧もしていた。洗練された大人みたいな服を着ていた。だから、洗練された大人みたいに見えた。

ぼくは、もう何が何だかわからなくなっていた。懐かしさと愛《いと》しさで泣きたくなり、戸惑いと緊張でさらに泣きたくなった。

でも、先に泣き出したのはきみだった。

突然だった。

ごめんなさい、ときみは言った。それから人差し指で涙を拭《ぬぐ》って、目をくるくるさせ、おどけて笑った。

「何でだろうね？　久しぶりだったからかしら」

「そうだね」

それだけ言うのがやっとだった。

「いきなり来ちゃって、迷惑じゃなかった？」

ぼくはぶるぶると首を振った。

ごめんね、ときみがまた言った。

「だって、このままじゃ――」

「フィットネスクラブでの仕事は楽しい？」

ぼくは、無理矢理話題を変えた。

「ええ。楽しいわ。新体操とはまたちがう楽しさがあるの」

「それは良かった」

「秋穂くんは、大学は？」

きっと家にいる母さんからここを聞いてきたのだろうけど、昼間からバイトをしているいることを奇妙に感じたのかもしれない。だって、授業があろうと無かろうと、ぼくは練習のために毎日朝からキャンパスに向かう日々を送っていたのだから。

「やめたんだ」

ぼくは正直に答えた。

「何で？」

きみは驚いた顔でぼくに訊ねた。

「やることがいろいろあってさ」

ぼくは嘘《うそ》をついた。

「やることって、ここのアルバイトのこと？」

「そうじゃないよ」

ようやく落ち着いてきたぼくは、再びもうひとりの自分を演じ始めた。

「いろいろ計画してるんだ。いろいろ」

「いろいろ?」

「うん」

知らなかった——。

きみはそう言って寂しそうな顔をした。

計画なんてありはしない。トマトの育成なんて、計画のうちには入らない。でも、真実を告げるわけにはいかない。

「もしかしたら、この町を離れるかもしれない」

ぼくは嘘をついた。

「遠くへ行っちゃうの?」

「かもしれない」

「外国?」

さあどうだろう、という感じにぼくは肩をすくめた。

「だから、手紙も?」

ぼくは、安っぽい仕草で軽く3度ほど頷いた。ぼくの芝居は類型的で、きみが平常心でいたならその不自然さに気付いたかもしれない。

「ごめんね」

ぼくは言った。すごく冷たい言葉だと自分で感じた。きみを好きではないんだけど、責任は感じている。だから、ごめんね。

「でも、榎田さんからの手紙はちゃんと読んでいたよ。どうもありがとう」

「うん」

きみは何となくここへ来たことを後悔しているような感じだった。それでも勇気を出そうときみは決めて顔を上げた。

「私たち」

きみは言った。

「これから――」

「いつか」

言葉をさえぎられたきみは悲しそうな目でぼくを見た。

「また、いつか会えるといいね。同窓会とかさ。おたがい結婚していたりしてね」

この時のきみの目をぼくはいまも憶《おぼ》えている。何かを懸命に求める、真剣な眼差《まなざ》しだった。

求めているのは、真実だった。いま聞いた言葉とは別の真実。

だけど、ぼくはきみの訴えかけを無視した。

「幸せになって欲しいな。榎田さんにはずいぶんお世話になったから」

「私の――」

そこまで言うのが精一杯だった。きみは口をつぐみ俯いた。


ずいぶん後になって、きみに訊いたことがある。あの時は、何て言おうとしたの？

きみはぼくにこう答えた。

『私の幸せは、あなたのお嫁さんになることなの』

でも、とても言えるはずがなかったわ。


「さよなら」とぼくは言った。

「仕事に戻らなくちゃ」

「うん」

「元気でね」

「うん」

そして、ぼくはきみをその場に残し、店に戻った。

これでいいんだ、とぼくは呟《つぶや》いてみた。

そうなの？　と誰かが言っているような気がした。

これで、きみとぼくはもう二度と会うこともなく、それぞれの人生を生きていくはずだった。ぼくらの関係はリセットされた。きみはきみに相応しい人生を歩いていけばいい。ぼくにはぼくに相応しい、あまりぱっとしない人生が用意されているはずだ。きっと。

別れるのにはいい時期だったのかもしれない。きみは過去の恋を引きずることもなく新しい恋を始めることが出来る。きみに引け目や後ろめたさは無い。

『ごめんなさい。わたし男の人と手を繋ぐの初めてじゃないの』

さすがのきみだって、そんなことは言わないだろう。そして、ぼくにはいくつかの思い出が残される。

杏子《あんず》色のワンピース。バレッタで留めた長い髪。モヘアのセーター。ポケットの中で触れ合った指と指。

そして、ニットの耳当て。

すばらしい。

これだけあれば一生困ることもない。

きっと人生なんて「あっ」という間に終わっていくのだろうから、思い返す記憶なんてそんなにたくさんはいらない。

たったひとつの恋。ただひとりの恋人。そしてデート3回分の挿話。

それで充分。

欲張ってはばちが当たる。昔からいろんな物語の中で繰り返されてきた金句《きんく》だ。もともと欲張ることを諦めなくてはならない人間にとっては、とてもありがたい言葉だと思う。

何よりも慰めになる。


それからの日々も、おおむねそれまでの日々と似たようなものだった。

ひとつだけ変わったのは、きみからの手紙が来なくなったこと。自分で望んでそうしたことなのに、いざ実際にきみからの手紙が途絶えると、明日を望む気持ちが半分ぐらいに萎《な》えてしまった。

今日よりも明日が素晴らしいのは、一日分きみの次の手紙に近づけるからだ。そんなふうに感じて過ごしていたものだから、これはかなり応《こた》えた。

とにかく、それでも日々は過ぎていく。

今日とよく似た明日が、毎日毎日やってきた。ぼくはスクーターで病院に通い、それから近所のコンビニエンスストアーでバーコードを読みとる日々を送った。ぼくは徐々に自分に似つかわしい病院を探り当てるのがうまくなっていった。医者は首を傾《かし》げなくなり、出される薬は一時的にせよ、ぼくを以前の自分に近づけてくれた。

そうこうしていくうちに、1年は「あっ」という間に過ぎた。

ほらね。


「そして私たちは再会したのね？」

「そうだよ」

「それまでの私は、どんなふうに暮らしていたの？　あなたのことをすっかり諦めてしまっていたのかしら？」

よく分からない、とぼくは答えた。

「きみが自分から何かを語るというようなことは無かったし、ぼくもあえて訊こうとは思わなかった」

「それでいいの？」

「いいんだよ。きみがつらい思いをしたんだろうなってことは充分想像できたし、いろいろ考え抜いた末の決断だったってことも分かっていたからね」

でも良かった、ときみは言った。

「そのとき私が決断したから、いまの生活があるのよね？」

「そうだよ」

澪はいままでにないほど親密な仕草で、自分の小さな頭をぼくの胸に押しつけた。それはいろいろな言葉をひとつに凝縮したような仕草だった。もちろんそれは、愛に関する言葉だった。

「その先を」ときみは言った。

ぼくはその先を続けた。

この時に飲んでいた薬が良かったのか、それともカウンセラーとの対話が何かを働きかけたのか、あるいはしばらく前から試していた東洋医学的なアプローチが功を奏したのか、とにかく21歳の夏、ぼくは奇跡的に以前の自分に限りなく近付いていた。

それはおそらく一時的な揺り返しで、そう長くは続かないだろうということも自分で分かっていた。いわばこれは囚人に与えられた運動時間のようなもので、遠からずまた狭い部屋に戻ることになるはずだった。

ならば、この間に出来る限りのことをしておこうと思い立って、ぼくはスクーターで海岸線をぐるっと周《まわ》る旅に出た。小さな世界に閉じこめられてしまう前に、出来るだけ知らない土地を見ておきたかった。何事でもそうだけど、あらかじめ失うと分かって初めて、人は自分の欲しているものを知る。もしも、こんなことにならなかったら、ぼくは決して海岸線を周る旅になんて出なかっただろう。

半径１００㎞の世界にすっかり満足して暮らしていたと思う。

もちろん完全にもとの自分に戻ったわけではなかった。最悪の頃の記憶は予期不安というやっかいな問題も引き起こしていた。ぼくは及び腰に手探りという状態で、少しずつ自分の部屋から遠い場所に向かっていた。

やがて全行程の半分を過ぎたところで、ぼくは進路を内陸に向けた。Oの字ではなく∞の字に周るつもりだったのだ。

そしてこの日、ぼくは1年ぶりにきみの声を聞いた。

家には毎日連絡を入れていた。とにかくあまりまともとは言えない状態で旅に出たので、ぼくの両親の心配はそうとうなものだった。携帯電話がまだ一般的ではない時代だったから、ぼくは旅先の公衆電話からコレクトコールで家にその日の無事を報告していた。

この日、電話にでた母さんから教えられた。

きみからの伝言。

話したいことがあるので電話が欲しいという。コレクトコールで（きみらしい気遣いだ）。いつまでも待っている。それも頼まれた伝言のうちだという。

女の子を待たせたりしては駄目よ。これは伝言でなく母さんの言葉だった。

了解。

何があったんだろう?

ぼくはいろいろと思いを巡らせてみた。

何かきみに悪いことが起きたんじゃないかという、そんな想像ばかりが膨らんでいった。ぼくは必要以上に心配する質《たち》だったので、あまりいいことを思いつくことが出来なかったのだ。病気になったんだとか、悪い男に騙《だま》されたんだとか、パンプスのかかとが折れてしまったんだとか、悪いことはいくらでもある。

もし、きみがそんな状況の中で1年前に別れた恋人に慰めを求めているのなら、ぼくは自分の胸を出し惜しみするつもりはなかった。慰めてあげたいし、励ましてあげたかった。こんな貧相な胸にしか寄る辺を求められないという、その事実がきみの逼《ひっ》迫《ぱく》した状況を物語っているような気がして、ぼくはひどく気が急《せ》いていた。ポケットの中のコインを全て取り出し、電話機の上に載《の》せる。

ぼくはきみの家の電話番号を慎重にプッシュした。コレクトコールではなく、料金はこちら持ち。ぼくにだってそれぐらいの矜持《きょうじ》はある。

ワンコールできみが出た。

こんなにすぐ出るとは思っていなかったので、かなりびっくりした。

「秋穂くん？」

ぼくが言葉が出ずに黙り込んでいると、きみが訊いた。

「そう。ぼくだよ」

「ああ、秋穂くんの声だ」

1年ぶりのきみの声は、ぼくの胸を温かいもので満たした。

「待っていたの？　すぐに出たね」

「うん。かならず電話してくれるって思っていたから」

「そう？」

「ええ」

そう囁くきみの声が耳元で響く。

ぼくは訊いた。

「何があったの？　急に連絡してくれるなんて」

「秋穂くん？」

「何？」

「いま、どこにいるの？」

「旅の最中だよ。きみの町から300kmぐらい離れた場所にいる」

「ねえ」

「うん」

「私、会いに行ってもいい？」

空白。

「もしもし？」

「うん」

「どこに行っちゃってたの？」

「ここにいるよ。電話ボックスの中で受話器を握りしめている」

「ならば、答えて」

「うん。びっくりした」

「びっくりして、それから？」

「嬉《うれ》しいよ、すごく。でも――」

「大丈夫よ」

「大丈夫？」

「そう、大丈夫」

「大丈夫なの？」

「ええ」

というわけで、何だか分からないきみのその自信に圧倒されて、ぼくらは2日後にある町で会う約束を交わした。

標高700mほどのその町は、この日が一年で一番活気づくのだということを後から知った。50万近い人間が、この町の湖上から打ち上げられる花火を見るために集まってくる。50万と言ったらモナコやリヒテンシュタインといった国の人口よりもはるかに多い数だ。これは大変なことだ。

そんなことも知らずにきみはやってくる。ふたりはちゃんと会えるだろうか？　とにかく、きみを信じて待つしかない。

ぼくは、きみをタンデムシートに乗せるためのヘルメットを探して町中を走り回っていた。

とりあえずいま自分が被《かぶ》っている赤いオープンフェイスをきみに渡すとして、自分用のヘルメットを調達しなくてはならない。

買うほどの金も無かったので、どこかのバイクショップで借りるつもりだった。そしてようやく探し出したバイクショップで借りることが出来たのは、見事に古びたハーフキャップヘルメットだった。年輩の女性が買い物に出かけるときに被るようなタイプだ。みすぼらしいことこの上ない。1年ぶりに再会するというのに、この姿ではあまりに格好が付かなかったが、きみにこのヘルメットを使わせるわけにもいかない。

時間が迫っていたので、ぼくは待ち合わせの場所に決めていた駅前のロータリーに向けてスクーターを飛ばした。まだ日が落ちるには時間があったが、気の早い見物客たちがぞくぞくと車で集まり始めている。道は激しく渋滞していた。

ようやくロータリーに到着したときには、すでに列車の到着時間から10分が過ぎていた。駅前は列車でやってきた花火見物の客で賑《にぎ》わっていた。

その人混みの中にきみの姿を探す。似たような年齢の女性がたくさんいたが、きみの姿はない。時計を見るとすでに約束の時間から15分が過ぎていた。

来ていないのかな。

やっぱり、そんなことってありはしないんだ。

張りつめていた気持ちが緩《ゆる》むと、ぼくはその場に力無く腰を落とした。

ぼくは何を期待していたのだろう？　この場所できみと再会を果たし、その先に何があると思っていたのだろう？　1年前と少しも状況は変わっていないというのに。

薄汚れたハーフキャップヘルメットを被ったままうなだれているぼくの前や後ろを人々が通り過ぎていく。雑踏がつくり出す声は、全体でひとつの意味を語っているように聞こえた。
ス、ス、ステキナヨルガヤッテクル
誰もがみんな興奮していた。誰もが素敵な夜を待ち望んでいた。

ぼくもだ。5分とちょっと前までは。


「秋穂くん？」

顔を上げると、雑踏の中に涙顔のきみがいた。

「そのヘルメット」ときみが安堵《あんど》の笑みを見せながら言った。

「あまり似合っていないみたい」

「そうだね」

ぼくは言った。

「さあ、行こう。素敵な夜が待ってるよ」


夕刻、湖畔にぼくらはいた。

ぼくはきみがここにいるわけを訊かず、きみもぼくの気持ちを訊こうとはしなかった。会えたのは嬉しかったけど、まだぼくは迷っていた。これが今日だけの特別な出来事なのか、それとも先に続く日々の始まりなのか、自分でもよく分かっていなかった。

きみはとてもリラックスしているように見えた。なにかすっかり自分の中では答えが出ていて、思い煩《わずら》うことはもう何も残っていないのだというような表情だった。ここに来たことが、おそらくきみの答えなのだ。

ぼくらは湖畔を巡る歩道の縁石に腰を下ろした。背中には金網のフェンスがあり、その向こうには草原が広がっている。夏だというのに、風は冷たかった。７００ｍという標高のせいかもしれない。

空にはすでにこの夜のための巨大な暗幕が下りてきていた。街灯に照らされて歩く人々は、みんな幸せそうな顔をしていた。

素敵な夜が始まるのだ。

「寒くない？」

「大丈夫」

けれども、湖面を渡り来る風にきみは小さく身体を震わせた。

ぼくはきみの肩に腕を回した。

「ありがとう」ときみが言った。

「あたたかいわ」

やがて最初の花火が上がった。光よりも少し遅れて音が届く。音は町を囲む山々に反響して、複雑な波動でぼくらを包む。

すごいね、ときみが言う。

そうだね。

序章が終わると、花火は勢いを付けたように次々と打ち上げられていく。真夏の夜の熱狂に湖が包まれていく。誰もが顔を上気させ、何かを叫ぶ。

「歩こうか？」

「うん」

ぼくらは立ち上がり、湖畔に向けて歩き出す。湖のふちは何層にも重なった人垣で埋まっている。ぼくらは、その輪の外から湖面を眺める。

「来て良かったわ」

きみが言う。

「そう？」

「ええ、秋穂くんとこんなに長い時間一緒にいられるなんて――」

きみはそう言ってぼくの腕に自分の腕を絡《から》ませる。細く、冷たい腕の感触だった。

「ずっとそばにいるからね」

湖面を見つめたまま、ぼくの隣できみが言った。

「でも――」

「大丈夫よ。きっと」

ぼくは、それ以上訊ねることをやめた。花火の光がきみの顔を不思議な色に染める。触れ合うきみの腕に温《ぬく》もりが戻る。ぼくらは何も言わない。

ぼくは考えることをやめ、きみが与えてくれた幸福に身を委《ゆだ》ねる。

幸福とは、きみの隣にいること。

やがて、終わりが近付いてきた。

最後の花火の前に小さな静寂が訪れる。50万近い人々がいっせいに息をひそめる。

誰かのごくん、とつばを飲む音が聞こえてきそうだ。

ゴクン

そして湖面で最後の花火が炸裂《さくれつ》した。

巨大な光のドームが膨れあがる。

数秒後に、爆風がぼくらを襲う。重く沈んだ熱い風だ。

きみは、じっと真剣な眼差しで湖面を見つめている。ぼくの視線に気付き、こちらを見て微笑《ほほえ》む。

「何だか怖いぐらいだわ」

「そうだね」

この夜のことは一生忘れないわ。きみがそう呟く。


ぼくらは湖を離れ、町から抜け出ようとしていた。民家の軒先では、盆送りの灯籠《とうろう》が淡い光を放っている。ふたりはまだ光と音の酩酊《めいてい》の中にいた。昂揚《こうよう》した気持ちが、ぼくらを大胆にさせていた。

きみは家には帰らないと言った。ぼくは、それに反対しなかった。もっとも、これからすぐに列車に乗っても、日付が変わる前に家に帰り着けるかどうかあやしいものだった。きみはぼくに会いに来ると決めたときから、帰らないつもりだったのだ。

50万人のうちのかなりの人間が同じように帰らないつもりでいたので、周辺の宿泊施設は全て満室だった。ぼくらは峠をひとつ越えてふたつ隣の町まで行き、泊まれる場所を探すつもりだった。

スクーターは夜の国道をゆっくりとしたスピードで移動していた。きみは相変わらずありったけの力でぼくにしがみついていた。肩からは白いエナメルのバッグを提《さ》げている。

ぼくはきみに自分が抱えている様々な不具合について話をした。

意外なことに、きみはぼくの話を聞いてもそれほど意外そうな顔をしなかった。

「なんとなく分かっていたわ。そうでなくちゃ、走ることをやめたりはしないでしょ？」

なるほど。もっともだと思う。

「私を遠ざけようとしたのも、そのせいなの？」

「たぶん」

「寂しかった？」

「とてもね」

そしてきみは言った。

「私もよ」


峠のかなり手前でいきなり雨になった。

星の無い夜だったから、天気が良くないことは分かっていたけど、それにしても急な雨だった。ぽつりと来たら、次にはもう篠突《しのつ》く雨になっていた。夏とは言っても、ここは標高700mの高地だった。雨も冷たい。

急速にぼくらの身体は冷えていった。必要以上に心配する質《たち》のぼくは、強い不安を感じていた。きみの身体がどんどん冷えていく。このままじゃ肺炎になってしまう。しばらく走ると歩道橋があった。ぼくらはそこで雨宿りした。その間にもどんどんと身体から熱が逃げていく。

雨はジャックポットを引き当てたスロットマシーンから吐き出されるコインのように、止まることを知らなかった。

ここに居続けても、先に進んでも、どちらにしても先行きは思わしくなかった。きみは血の気の失せた唇《う》を震わせながら、自分の身体を両手でしっかりと抱いていた。濡《ぬ》れたTシャツが貼《は》り付き、下着の肩ひもが透けて見えていた。額に落ちた前髪を伝い、雫《しずく》が流れ落ちている。

ぼくは大きな不安に胸苦しさを感じながら、きみの目を見た。視線が重なると、きみは気丈にも微笑みをぼくに返した。

「大丈夫よ」

きみは言った。

「行きましょう。先に進むの」

人にはすごく意義深い瞬間というものがある。ぼくにとって、この時がまさにその瞬間だった。やがてぼくの妻となるきみにとってもそれは同様の意味を持つ。なのに、きみはこの時自分が口にした言葉をほとんど憶えていなかった。

まったく無自覚のうちに、きみは自分の生涯を決める言葉を口にしたのだった。

すごくおもしろいことだと思う。

ぼくはこの言葉を聞いた瞬間、きみとずっと一緒にいようと心を決めた。

きみの人生はきみが決める。そして、きみはぼくと歩く道を自ら選んだのだ。それをぼくが薄っぺらな独善で拒絶するのは傲慢《ごうまん》というものだ。

先には何があるか分からない。幸せだってきっとどこかには転がっているはずだ。

ふたりでそれを探すのは楽しそうだった。

「大丈夫」ときみは言った。

大丈夫。きっとうまくいくわ。

きみがぼくらの未来をそう言ってくれているような気がした。

とにかく、ふたりで先に進もう。

悪いことばかりじゃないはずだ。

こんなぼくだってきみを幸せに出来るかもしれない。

「そうだね」

　ぼくは言った。

「先に進もうか」

「ええ、行きましょう」

　そしてぼくらは激しい雨の中に飛び出していった。


「ホテルをようやく見つけだしてチェックインしたとき、ふたりはモルグの死体みたいに冷え切っていたんだ」

「夏なのに？」

「峠の標高は1000mぐらいあったからね」

「ずぶ濡れで？」

「おまけに何も食べていなかった」

「ほんとの死体になっちゃいそうね」

「そうだね」

「それで？」

「それで？」

「それからどうしたの？　私たち」

「いろいろ」

「例えば？」

「シャワーを浴びて、それからパンを食べた」

「ええ」

「それから、テレビをふたりで見た」

「コインを入れるやつ？」

「そう。それで料理番組を見たんだ。なんだったたっけな。たしか、ブロッコリーを使う料理だったたような気がするんだけど」

「それをふたりで見てたのね」

「そうだね。ぼくは料理番組を見るのが好きなんだ。料理は苦手なんだけど」

「そう？」

「うん」

「それから？」

「それから、きみをぼくのベッドに呼んで、抱き合ってキスをした」

「すごい！」

「セックスもしたんだよ」

「がんばったのね。えらいわ」

「それほどでもないんだけど」

14

「やあ、ゆうじ！」

耳元で響く、やけになれなれしい男の声に飛び起きた。

「ほら、ここにきみへの贈り物をぼくは持ってきたんだ」

寝過ごしたらしい。ぼくは、フトンから出ると、目を擦《こす》りながらキッチンに向かった。すでにテーブルの上には朝食が用意されていた。澪はシンクで何か洗い物をしている。

「おはよう」

「おはよう。眠れた？」

「ぐっすり」

「そう、よかった」

「またださされちゃったよ」

「うわっ」と佑司が言った。

「きみが寝込んでいるあいだ、ぼくが家の中のことをやっていたんだけど、どうしてもね」

朝食のテーブルでぼくは言った。

「だからさ」

「だから、あなたたちは汚れた服を着て、汚れた部屋にいたのね？」

「忘れちゃったり、気付かなかったり、疲れちゃってサボったり」

うまくいかないんだ、とぼくは言った。

「そうだよ」

澪はそれでもなお、どこか納得しかねる表情でいたが最後には頷《うなず》いた。

「わかったわ。つまり私は健康でいないといけないんだってことよね」

「そうだね」

「私が言ったんだものね」

「うん？」

「大丈夫、って」

「じゃあ、がんばらなくちゃ」

「ああ、そうだよ」

「頭痛は？」

「平気よ。少し痛むけれど、だんだん楽になってきたわ」

「それはよかった」

「ありがとう」

それから、とぼくは彼女に言った。

「今日の夕方、一緒に買い物に行ってみようか？」

「一緒に？」

「会わせたい人がいるんだ」

「私に？」

ぼくは頷いた。

「ぼくらが仲良くしている人。きみの記憶が戻る手助けになるかもしれない」

「楽しみだわ」

「そうだね」

「ノンブル先生」と佑司が言った。

「ノンブル――――」

「夕方会うひと。ノンブル先生っていうんだ」

「先生なの？」

「昔ね」

　ぼくは言った。

「昔小学校の先生をしていた人なんだ」

「プーもいるよ」

　澪が不思議そうな顔でぼくを見た。

「会えば分かるよ」

　ぼくは言った。


　夕方、ぼくらは3人でショッピングセンターに行き、ブロッコリーとベーコンとマッシュルームとホワイトクリームを買った。それから帰りに17番公園に向かった。

　すでに公園には先生とプーの姿があった。ちょっと待っててとふたりに言って、ぼくは先にひとりで公園に入った。先生が気付いて手を振る。

「こんにちは」

「やあ」

「心の準備は大丈夫ですか？」

「出来ているよ。驚いたりはしない」

「それから、彼女は全ての記憶を失っているんです」

「そう言っていたね」

「彼女は自分が幽霊であることも知りません」

「当然、そうだろうね」

「だから、ぼくは1年前のことは何も言っていないんです。何事もなく、ずっと一緒に暮らしてきたように振る舞っています」

「それがいい。真実はあまりに悲しいからね」

「だから」

「わかっているよ。大丈夫」

ぼくは頷いて振り返ると、手を振ってふたりを呼び寄せた。

「彼女が来ます」

ぼくは小さな声で先生に言った。

「うむ」

澪と佑司が手を繋《つな》いでぼくらのもとに歩いてきた。佑司はすぐにプーにとりついて、じゃれ始めた。

「こんにちは」

澪が言った。

「こんにちは。なんだか、ひどい物忘れだそうだね？」

「そうなんです。困っちゃいますよね」

「私が誰《だれ》かも？」

ごめんなさい、と澪は言った。

「ノンブル先生だってことは知っています。でも、憶《おぼ》えていないの」

先生は、軽やかに笑った。

「ご主人を忘れてしまったのに、私のことを憶えていたら、それはちょっと問題だがね」

「ですよね」

澪がノンブル先生と言葉を交わしているのを見るのは、すごく奇妙な感じがした。彼女がちゃんとこの世界に存在しているんだという、そんな感覚。このときまでずっと、澪はぼくと佑司だけに見える存在、いわば幸福な夢のようなものだと思っていた。

でも、そうじゃなかった。

彼女はここにちゃんといた。

澪とノンブル先生は、初めて出会った頃《ころ》の話をしていた。

「あなたはお下げ髪にしていた。そしてエプロン姿でビニールの買い物袋を手に持って」

「この場所で？」

「そうだね。まだ高校生ぐらいにしか見えないご夫婦だった。いまのあなたも若いがね」

何て言うか、すごく楽しそうだったよ。

先生は言った。

「毎日が楽しくて仕方ない。そんな風情《ふぜい》だった。私には縁のなかったものだからね、羨《うらや》ましくも感じていたよ」

「だって、ようやく想《おも》いが叶《かな》って一緒になれたんだから」

「そう、その話も聞かされた。湖の花火のね。私がここであなた方に会ったのは、その明くる年の春だった」

澪が振り返ってぼくを見た。

「そうだよ。再会した翌年の春にぼくらは結婚したんだ。22歳の春に。ぼくもようやく就職先が決まって、それでこの町に来たんだ」

「あなたはいつも巧くんを気遣っていた。ここで話をしていてもね、しきりに訊《き》いていたよ。大丈夫？って」

「私が？」

「そう、澪さんが。働き始めたばかりで、ご主人も体調があまり良くなかったからね。気を張って凌《しの》いでいるのは分かったが、いかにも辛《つら》そうだった」

澪がまたぼくを見たので、肩をすくめて見せた。

それほどでもないよ。

「そうこうしているうちに、あなたは妊婦さんになった。私に嬉《うれ》しそうに報告してくれてね」

「佑司が私のお腹に……」

「なあに？」と佑司が訊いた。

「ぼうやがお母さんのお腹にいたころの話だよ。きみのおかげで、お母さんとお父さんは、世界で一番の幸福者みたいな顔をしていた」

「そうなの？」

「そうよ」と澪が言った。

「お母さんはね」と先生が言った。

「きみが生まれる前から絶対男の子だからって、ずいぶんと早くから男の子用のベビー服を買い揃《そろ》えていたんだよ」

「そうそう。佑司が生まれたときにはほっとしたよ。ああ、これで買い揃えたものが無駄にならずに済んだって」

へえ、と佑司は興味なさそうに言って、それからねえ、と澪に呼びかけた。

「この子がプーだよ」

プーが澪の足下《あしもと》に歩み寄り、「〜?」と鳴いた。

「声が?」

そう言って澪が先生を見た。

「私のところに来る前にね、吠《ほ》えないように手術をされて声を失ったんだ」

「〜?」

「だけど、こいつはたいして気にもしてないようでね。なかなかの大物だよ」

さてと、と先生は言った。

「そろそろおいとまするかな」

先生は手に持ったビニール袋を掲《かか》げて見せた。

「これが、せっつくんでね」

「ワカサギですか?」

「そう。今日も半額だった。嬉しいことだ」

澪さん、と先生は彼女に呼びかけた。

「はい？」

「また、お会いしましょう」

「はい」

「あなたはね」

先生はそこで少し言い淀《よど》んだ。ビニール袋を持った手が細かく震えていた。

「あなたはね、私の妹に少し似ているんだ。どこがとは言えないが、その所作《しょさ》とかがね」

だから私は懐かしくてね。

「昔を思い出すんだよ。仕事を終えて、その日の出来事を妹に語って聞かせていたあの頃をね」

先生は自分の言葉にうんうんと小さく頷いた。

「こんな年寄りの話し相手をさせて申し訳ないが、また懲《こ》りずに来てください」

「もちろん、また来ます。話を聞かせてください。もっとたくさん」

先生はまたうんうんと小さく頷き、それからぼくらに背を向け帰っていった。プーが先生の後を急ぎ足で追いかけていった。

バイバイ

佑司がそう言って手を振った。

15

自分がつくりだした空白を、彼女が少しずつ小さなピースで埋めていく。

ポコ　ポコ

ふと夜中に目を覚ましたとき、佑司の向こうから彼女の寝息が聞こえてくる。ぼくは波の音を聞く漁師のように、自分が妻の幽霊の寝息に深く馴染《なじ》んでいることを感じる。

そのことが嬉《うれ》しかった。

15歳の春から始まったぼくらの物語は、23歳の夏まで進んでいた。

佑司を産んだときのきみの胸は、信じられないくらいに膨《ふく》れあがっていた。あの控えめな乳房が、誇らしげに天を目指し隆起している。ベビーブルーの血管が葉脈のように美しい模様を描いていた。乳は山麓《さんろく》の泉のように涸《か》れることがなかった。佑司は満腹になってもなお噴き出してくる母親の乳で顔を濡《ぬ》らした。きみは自分の胸が張ってくることで、佑司の空腹を感じ取った。

「もうすぐよ」ときみは言った。

「もうすぐお腹が空いたって、泣いて教えるから」

そしてそのとおりになった。

二人はまだひとつの生き物のように繫《つな》がっていた。

このころのきみは体調を崩して、あまり元気とは言えなかったんだけど、それでも佑司のために出来る限りのことをしていた。佑司はまだぐにゃぐにゃと柔らかい、なにか奇妙な生物のようだったから、ぼくらは細心の注意で彼を扱った。

ふたりがかりで風呂《ふろ》に入れ、ぼくが彼を抱え、きみがガーゼで彼の身体《からだ》を洗った。きみが乳を飲ませ終わると、ぼくが彼の背中をたたきげっぷをさせた。佑司が泣いて眠らないときは、ぼくが自分の腹の上に彼を寝かせ、きみが隣で子守歌をうたった。

ネンネンコロリヨ　オコロリヨ

そうすると彼はあっという間に寝付いてしまう。

ぼくは自分の腹の上でズーズーと濁った寝息をたてる佑司を困惑の眼差《まなざ》しで見つめていた。こうなると当分は動くことが出来なくなる。そのたびにぼくは皇帝ペンギンの父親に深い共感の念を覚えるのだった。

週末には3人で森に行った。

澪はぼくの通勤用の自転車を使った。記憶を失ってはいても、彼女は器用に自転車を乗りこなした。

森の出口で母子は四つ葉のクローバーを探した。ぼくが周回コースを1周するたびに、二人はぼくにその間の成果を見せた。ものすごい数だった。あるいは、ここの原っぱでは四つ葉のクローバーこそが正しい姿だったのかもしれない。

なんて幸福な場所！

日々は静かに過ぎていった。

雨の季節はまだ終わりそうになかった。

ノンブル先生とは毎日のように会っていた。澪は先生が語る若い夫婦の話を嬉しそうな顔で聞いていた。そして夜になると、今度はぼくが先生の後を引き継いだ。

佑司が最初に覚えた言葉は「マンマ　マンマ」だった。それが母親のことを指すのか、母親の胸から出てくるミルクを指すのかは判然としなかった。おそらく佑司の中でもまだこの二つは、渾然《こんぜん》として分かちがたいものだったのだろう。

マンマ　マンマ

彼はこう言いながら母親を求め、同時に空腹を満たしてくれる生ぬるい液体を求めていた。

佑司が「パパ」と言ったことは一度もなかった。澪がぼくのことを「たっくん」と呼ぶのを聞いて、彼もそう認識した。この不健康そうな顔をした痩《や》せた男は「たっくん」であると。

「私もあなたのことを『たっくん』て呼んでいたの？」

「そうだよ。結婚したときから、そう呼ぶことに決めたんだ」

「決めたの？」

「うん。ぼくらは生真面目《きまじめ》なカップルだからね。そういうことをちゃんと取り決めていたんだ」

「『あなた』じゃ駄目なの？」

「そんなことはないよ。きみはそのときの気分でいろいろな呼び方をした。『たっくん』『あなた』『秋穂くん』、ただ、基本形を決めていただけだよ」

「なんて呼ばれるのが嬉しいの？」

ぼくはしばらく考えてから彼女に答えた。

「どう呼ばれても嬉しいよ。どれもぼくだから」

「ならば、『あなた』でもかまわない？」

「かまわない。いまはそれに慣れちゃってるし」

「じゃあ、記憶が戻るまでのあいだ、あなたはあなたね？」

「了解」

16

2度目の週末も森に出かけた。

夜半まで続いた雨は上がっていた。

木々の葉は雫《しずく》に濡《ぬ》れ、足下《あしもと》は湿っていた。

ぼくらは、ゆっくりと森の小径《こみち》を進んだ。澪と佑司は自転車から降りて押しながら歩いていた。

雨上がりは道に蜘蛛《くも》の巣がやたらと張られていて、それが顔にかかるので慎重に進まなくてはならない。


「うわ、まただ」

ぼくは自分の頭に引っかかった蜘蛛の巣を手で払った。

「なんで雨上がりは蜘蛛の巣が多いの?」

ぼくの後ろを歩く澪が訊《き》いた。

「なんでだろうね。雨で壊された巣を急いで張り直しているんだろうけど、どうしてこうも道をまたいでつくりたがるのかな?」

「結局、また道を歩く人間に壊されてしまうのにね」

「めげない連中だよね」


しばらく進んだところで、ぼくは立ち止まった。

「いいものを見せてあげるよ」

「何?」

「なになに?」

「この季節に前に来たときも見せてあげたことがあったんだけどね。佑司は憶《おぼ》えているんじゃないかな」

「そうなの？」

ぼくは道からはずれて、森の奥に向かって歩いていった。二人も自転車を置いて、後から続く。

足下は下草がかなりの丈になっている上に、幾層《いくそう》にも積もった落ち葉がふかふかの状態になっていて歩きづらい。50mほど進んだところで、再びぼくは立ち止まった。

「見てごらん」

ぼくは二人の視界を妨《さまた》げないように横に移動した。

「ああ、花だ！」

佑司が叫んだ。

「いっぱい」

ギボウシの花だった。辺り一面、数百株のギボウシが白い小さな花をつけていた。

「憶えていないの？　前にも見せたんだけど」

「いつ？」

「一昨年《おととし》だったかな」

去年は澪のことがあって、この季節、森からは遠ざかっていた。

「おととしって、どのくらい前なの？　ぼくは生まれていた？」

「生まれていたから連れてきたんだろ。おまえが4歳のときのことだよ」

「うそっ」

「ほんと」

おかしいなあ、と佑司は首を傾《かし》げた。

「ぜんぜん憶えていないんだけど」

なんて言うか、さすがぼくの息子だった。たいした記憶力だ。

「でも、すごいきれいだね」

彼は妙に大人びた眼差《まなざ》しを花々に注いでいた。

「すごくとくした気分」

「何で？」

「だってさ」と佑司はぼくを仰ぎ見た。

「前に見たことを忘れていたから、こんなにすごい！って思えるんじゃないの？」

「ああ、そうかもしれない」

「なんでもそうだよね。初めての時って、すごくどきどきするの」

「ほんとだね」

ギボウシのまわりには点々とヤマユリの花が咲いていた。

「甘い匂《にお》い」

澪が言った。

「むせてしまいそう」

「何でこんなに香るんだろうね？」

「高校の頃《ころ》の私たちと一緒じゃないの？」

「そう？」

「誰《だれ》かいませんか？　恋の相手求めてます」

「なるほど」

受粉のために昆虫を呼び寄せているのだとしたら、それもまた婉曲《えんきょく》的な恋の呼びかけなのかもしれない。


ぼくらは森を抜けた。

薄曇りの空の下に工場の跡地が広がっていた。＃5のドアが小さく見える。

「なんとなく」と澪が言った。

「なんとなく、私の人生はここから始まったんだなって、そんな気がするの」

佑司は自転車を置いて、駆けだしていった。

「ほんの半月前から？」

「ええ」

「そのずっと前からきみの人生は続いているよ。ぼくや佑司と一緒に生きてきたんだ」

「そうね。そのことを知ってとても嬉《うれ》しかった」

澪は両手を高く掲げ、背伸びをした。

でもね、と彼女は言った。

「すごくとくした気分」

「そう？」

「だって、また最初からあなたと恋が出来るんだもの」

どきどきと澪は言って、自分の胸に両手を当てた。

ドキドキ

心騒ぐ響きだ。

ぼくらは手を繋《つな》いで歩き出した。

「たっくううん！」と佑司が声を張り上げていた。

「見てえ、バネがあったよおおお！」

ぼくは彼に手を振って応《こた》えた。

「コイルバネはね」

ぼくは澪に説明した。

「たいしたことはないんだ。そこそこの運があれば見つかる」

「そう？」

「うん。でもね、スプロケットは滅多に見つからないから大当たり。拾った人間は最高に運がいい」

「じゃあ、私も探そうかしら」

「やってごらん。そう簡単にはいかないよ」

「でも、このあいだはあんなにたくさんの四つ葉を見つけたわ」

「あれは特別な場所だから」

「そうかしら？　もしかしたら私がとても幸運な人間なのかもしれないでしょ？」

「そうだね」

佑司、ママも一緒に探すわ。そう言いながら、澪が駆けていった。花柄のフレアスカートがふわふわと舞っていた。佑司が澪に手を振っていた。

幸福な光景だった。

彼女がそう思っているなら、きっとそうなのだろう。

ならば最期《さいご》の時まで、彼女には幸福でいてもらいたい。運にはあまり恵まれなかったけど、澪は幸福そうな笑みがとても似合う女性だったから。


アパートの2階にある我が家のベランダからは、すぐ向かいの空き地を真下に見下ろすことができた。空き地では佑司が今日の戦利品をせっせと地面に埋めていた。ボルト15個、ナット12個、コイルバネ3個。スプロケットは見つからなかった。

雲間から射す光に佑司の金色の髪がきらきらと輝いていた。

「きれいな髪ね」

ぼくの隣で澪が言った。

「そうだね。なんていったってイングランドの王子だからね」

「イングランドの王子？」

「そう。あいつは黙ってそこに立っているだけなら、なかなか気品のある良家の子息のように映るからね。イングランドの王子みたいにさ」

「黙っていれば？」

「そう、黙っていれば」

澪は楽しそうにくすくすと笑った。

「知ってた？」と彼女は言った。

「何を？」

「佑司のしゃべり方は、あなたにそっくりよ」

ぼくは少し考えてから、彼女にこう言った。

「そうなの?」


「彼はハンサムよね」

「そうだね。ぼくにそっくり」

澪はちらっとぼくを見て、それからまた空き地の佑司に視線を戻した。

「優しくて、穏やかで、素直で」

「少し普通の子供からピントがずれているけどね」

「それも彼のチャームポイントだと思うわ。あの個性は貴重よ」

「そうかな?」

「ええ。佑司は私の最高傑作なんじゃないかしら。こんな平凡な私からあんなに素敵な子が生まれてきたなんて、すごいことだと思う」

「きみの子だよ。彼の素晴らしさの半分はきみから受け継いだものだよ」

「信じられない」

「でも、ほんと」

ぼくは言った。

「きみは忘れているんだよ」

「そう?」

「うん。きみだってなかなかのもんだったんだから」

「なかなか?」

「そう、なかなか」

「あの子の髪の色はあなたに似たの?」

澪は目を細め、じっと佑司を見つめている。結局、彼女が眼鏡を使うことは無かった。試してはみたのだけど、度が合わないみたいと言ってやめてしまったのだ。

「そう、ぼくの子供の頃と同じだ」

「きれいな色ね」

「うん。2歳とか3歳の頃は、もっと明るい金色をしていた。冬になると頬《ほお》を真っ赤に染めてさ」

「可愛《かわい》かったでしょうね」

「誰がかわいいの?」

下から佑司がぼくらを見上げていた。

「いつも鼻を詰まらせていて、役に立たないゴミみたいなものを拾い集めるのが趣味で、そうなの?っていうのがログセの誰かだよ」

「それ誰？　なんか変なヤツ」

17

月が変わり、雨の季節もすでに半ばを過ぎようとしていた。

ここ数日、ノンブル先生の姿が公園に無かった。きっと何か用事があるんだよとぼくは言ってみたが、澪は沈んだ顔で力無く首を振るばかりだった。

4日経《た》ち、5日目になっても先生は現れなかった。プーも現れなかった。

「何かあったのかもしれない」

ぼくは言った。

「そうね。先生のうちに行ってみましょうよ」

しかし、ぼくらは先生のうちを知らなかった。本名すら知らなかった。

「先生は幾《いく》つなの？」

「幾つなんだろう？　事務所の所長と同じぐらいだと思うよ」

「じゃあ、事務所の所長さんは幾つなの？」

「さあ、幾つなんだろう」

80歳をかなり前に過ぎていることは確かだった。

「具合が悪くなったんじゃないかしら」

「かもしれない」

「公園にいる誰《だれ》かに訊《き》いてみましょうよ」

「そうしよう」


17番公園の常連でいつも同じ本を読んでいる青年がいた。

いつか、何を読んでいるのか気になって、そっと近付いて表紙を見てみたら、それは『生活実用辞典』だった。青年はぼくに気付いて言った。

「大事なことは」

彼は本を掲《かか》げて見せた。

「ここに全て書かれてある」

「あ、そう」


彼に何者なのか訊いてみたこともある。

「おれは小説家だよ」

彼は胸を張って答えた。

「まだ、一冊の本も世に出してはいないけどね」

なるほど。

一冊の本も出していなくても小説家と名乗れるなら、世界の人々は誰もが自分もそうだと名乗る権利がある。だからぼくも言ってみた。

「ぼくも小説家なんだよ。一冊も本を出してはいないけど」

「だと思ったよ」

青年は言った。

「匂《にお》いで分かる」

何を書いているんだ？　と訊かれたから、ぼくは、まだ何も書いていないと答えた。

（まだ、この小説を書き始める前のことだ）

「いずれ書くよ。その、妻との思い出について」

「いいね」

彼は言った。

「少なくとも何を書くべきか決まっている人間は幸せだよ」

「そう？」

「おれなんかさ、何か書きたいことがひらめいても、結局はすでにここに書かれているんだよね」

そう言って彼は『生活実用辞典』を掲げて見せた。ぼくはそんな彼をひどく気の毒に思った。


この日も彼は17番公園にいた。いつもと同じ一番外れのベンチに腰を下ろし、『生活実用辞典』を読んでいた。

澪と佑司にその場にいるように言ってから、ぼくは彼のもとに歩いていった。気配に気付いた彼が本から顔を上げた。

「こんにちは」とぼくは言った。

「やあ、あんたか」

「そう、ぼくだよ」

彼はすぐに興味を失って、再び本に戻ろうとした。ぼくは慌てて声をかけた。

「その」

彼が顔を上げた。

「何だい？」

「あのベンチにいつもいたおじいさんのことを知ってるよね」

そう言ってぼくはノンブル先生のベンチを指さした。彼は気安い仕草で頷《うなず》いた。

「知ってるよ、遠山《とおやま》のじいさんだ」

「遠山？　それが、ノンブル先生の本名なの？」

「ノンブル？」

彼は記憶の検索に3秒ほど要した。

「ああ」

彼は言った。

「そうそう、ノンブル先生ね。聞いたことがある。そうだよ、それが遠山のじいさんだ」

「ここ何日か姿を見ないんだけど」

「自分ちで倒れたって聞いたよ」

「うそ」

「ほんと」

「容体は？」

「命に別状はない。脳だか血管だかの病気だって言っていたな」

彼は手にしていた本をぱたんと閉じた。真剣につき合ってくれる気になったのだろう。

「ただ、いろいろ後遺症があってね。もう、もとの生活には戻れないそうだ」

ぼくは振り返って澪を見た。彼女はぼくの顔を見るなり、急いで駆け寄ってきた。よほど深刻な表情をしていたらしい。佑司が遅れて追い付いた。

「先生は？」

彼女が訊いた。

ぼくは青年の話をそのまま彼女に伝えた。

「そんな……」

彼が先を続けた。

「それで、何だかずいぶん遠い町にある施設に入ることが決まったそうだよ。病院から直接行くらしい」

「誰がそういう手続きとかしてくれたんだろう？」

「自治会長だよ。お節介なおやじでさ。そういうのが好きなんだ」

「あなたは何でそんなことまで知っているの？」

「息子だからさ。自治会長はおれの父親なんだ」

「あ、そう」

とりあえず、ノンブル先生の自宅の場所を聞いて、ぼくらは公園を後にした。

「プーは？」と佑司が訊いた。

「大丈夫よ」

澪が言った。

「大丈夫」


「もっと話したいことがあったのに」

ぼくは言った。

帰りの道すがらでのことだ。

「もっともっと」

「そうね」

澪は道端の小石を蹴飛《けと》ばした。

「あなたには先生が必要なのね」

「澪だってそうだよ」

「ええ、そうね」

彼女は小さく頷いた。

「そうよね」

でも、と澪は顔を上げた。

「会えないわけじゃないわ」

「だけどさ」

「お見舞いに行けばいいのよ」

「無理だよ。遠い町だって言ってた」

「大丈夫よ」

澪が言った。

「大丈夫」

18

次の日の夕方、ぼくらは青年から聞いたノンブル先生の自宅に行ってみた。17番公園から10分ほど北に向かった古い住宅地の中に先生の家はあった。

ずいぶんと齢《よわい》を経《へ》た、平屋建ての木造家屋だった。こういう簡素な造りの家を、以前はよく文化住宅と呼んでいた。

家はサルスベリやアジサイ、芙蓉《ふよう》、金柑《きんかん》などの樹木に囲まれていた。右隣は空き地になっていて、左にはこれもまた古びたアパートが建っていた。

木製の門扉《もんぴ》を開いて、ぼくらは庭に足を踏み入れた。引き戸の玄関までは飛び石が続いている。先頭を歩いていた佑司が声を上げた。

「あ、プーがいた！」

そして、彼は庭の奥へと駆けていった。ぼくと澪も急ぎ足で後を追った。

プーは濡《ぬ》れ縁《えん》の下にもぐり込み、頭だけをそこから外に出していた。

「プー！」

佑司が呼ぶと、彼は顔を上げた。

「～？」

いつもよりもさらに小さな囁《ささや》きだった。舌を出し、浅く速い呼吸を繰り返す。

ハッ　ハッ　ハッ　ハッ

佑司はプーの首に腕を回し、そのむく毛に頬《ほお》を埋めた。

「～？」

「なにも食べてなかったみたいだね」

「そうみたいね」

自治会長さんは人間のお節介は焼いても、犬にまでは気が回らなかったのだろう。

「やっぱり、このままじゃ保健所行きかな？」

「そんなのやだよ！」

佑司がぼくらを見上げ、悲しそうに叫んだ。

「だめだよ」

「分かってるよ。だから、連れ出すんだ」

「そうなの？」

「うん」

ぼくはプーの首輪の紐《ひも》を濡れ縁の脚から解いた。

「さ、行くよ」

貸して、と佑司が言うので紐を彼に渡した。

「プー、行こう」

しかし、佑司が紐を引いて促《うなが》しても、彼は動こうとしなかった。

「プー、ここにいても先生は帰ってこないんだよ」

「〜？」

「行こうよ」

「〜？」

佑司がぼくを見上げた。

「いやだって」

「うん」

ぼくは、しゃがみ込むとプーに顔を近づけた。

「なかなか立派な態度だと思うよ」

ぼくは彼に言った。

「そのままがんばりつづければ、そのうち駅前にきみの銅像が建つかもしれない」

「～？」

「でもね。そればかりが人生じゃないんだよ。先生は帰ってこない」

プーは首を傾《かし》げた。

「そう、ここからずっと遠いところに行ってしまうんだ」

だから、とぼくは言った。

「忠義を示そうという態度は立派だけど、それは不毛な行為だと思う」

「～？」

「先生だって、こんなことは望んでいない。きみがきみの人生をしっかりと全《まっと》うしてくれることを願っていると思うよ」

彼は真剣な顔で考えていた。

「きみは聡明《そうめい》な犬だ。だから、分かってくれると思う。別れはとても悲しくて辛《つら》いことだ。でも、そこで立ち止まるわけにはいかないんだよ」

ぼくは立ち上がり、彼に考える時間を与えた。プーは顔を上げぼくを見て、それから佑司を見た。そしてそれだけのことに疲れてしまったように顎《あご》を落とした。舌を出し、目を閉じる。

ぼくは澪を見た。彼女はもう少し待ちましょうという顔でそっと頷《うなず》いた。佑司も黙って見つめている。

プーは上目遣いにぼくらを見上げたまま、ずいぶんと長い時間浅い呼吸を繰り返していた。

やがて、彼が立ち上がった。顔を上げ、ぼくを見る。

「決めたかい?」

プーは頷いた(ように見えた)。

「佑司」

「うん」

佑司はそっと紐を引いて歩き出した。プーは黙って付いてくる。庭木の間を抜け、門扉まで歩いた。ぼくが開き、道を空ける。横を抜けて佑司とプーが外に出た。

「さよならだね」

佑司が言った。

「いろんなことがあったんだよね。寂しいね」

プーは振り返り、自分が長年暮らしていた家を見つめていた。それからおもむろに頭を高く掲《かか》げ、一声鳴いた。

「ヒューウィック？」

ぼくらはいっせいにてんでんな方向に顔を向けた。この奇妙な音が、我々の足下《あしもと》にいるむく犬が発した声だと気付かなかったのだ。

「ヒューウィック？」

もう一度プーが鳴いた。

「プーだ！」

佑司が叫んだ。

「プーがしゃべった」

「プーってしゃべれたんだ」

ヒューウィック？

それは、細い隙間《すきま》を通り抜ける風のような音だった。

「お別れを言っているのかな？」

「きっとそうだよ」

「何かを訊《たず》ねているようにも聞こえるわ」

「うん」

ヒューウィック？

それは突然姿を消した主人への別れの言葉だったのか。あるいは自分の理不尽な運命のわけを天上の誰《だれ》かに訊ねていたんだろうか。声帯を奪い取られたむく犬は天に向けて、細くもの悲しい声を幾度《いくど》も放ち続けた。

とりあえず、一晩だけアパートの玄関にプーを置いておくことにした。何を食べるのか分からなかったので、ご飯とポテトサラダを与えたら、躊躇《ためら》いもせずあっさりと口にした。よほど腹が減っていたのかもしれない。

「明日朝一番で、保護センターに連れて行こう」

「うちで飼うんじゃないの？」

佑司が訊《き》いた。

「それは無理だよ。アパートの決まりで出来ないことになっているんだ」

「じゃあ、誰かほかのひとに飼ってもらうとか」

ぼくは静かにかぶりを振った。

「もう老犬だし。はっきり言って見栄《みば》えも良くないしね」

「この近くの原っぱとかに住まわせて、うちでエサをあげるのは？」

「きっと、そうしたらまたあの家に戻ってしまうよ。そしていずれは保健所に連れて行かれてしまう」

「保護センターってどういうところ？」

「民営の施設でね。いくらかお金を払って、そこでプーの面倒を見てもらうんだ。仲間がいっぱいいるよ」

原則としては里親が見つかるまでの一時預かりということになっているが、プーのような老犬は、結局はそこが終《つい》の棲家《すみか》となるという。

「プーは幸せになれるの？」

「それは彼次第じゃないのかな」

「じゃあ、不幸になることもあるんだ」

「それはどこにいても同じだよ」

佑司は何かを真剣に考えるような目つきで、じっとポテトサラダを食べているプーを見つめていた。

「さあ、明日は早いよ」

ぼくは言った。

「よく寝ておきな」

「ヒューウィック？」

「そう、おまえもね」


夕食の後に電話帳で調べて自治会長さんの家に電話をかけてみた。夕方、ノンブル先生の家に行ったときに寄ったのだが不在だったのだ。

自治会長さんは家にいた。

あらためてノンブル先生の病状を訊ねると、脳の血管の病気だという。彼の息子が言っていたとおり、命に別状はないが後遺症があるらしい。四肢の一部に麻痺《まひ》が残り、いまもまだ見当識《けんとうしき》がはっきりとしていないそうだ。明日は仕事がないのでお見舞いに行くつもりなのだと言うと、やめておきなさいと止められた。

「まだ、まんぞくに会話を出来る状態じゃあない。お互いつらいだけだよ」

「別の施設に行くと聞きましたが」

「今日明日の話じゃない。まだ、しばらくは病院にいるよ」

そこで、病院の所在地を聞き、礼を言って電話を終えた。

「どうだった？」

澪が訊いた。

「お見舞いに行くのはまだ先にしなさいと言われた」

「そう」

「一緒に行くよね？」

「どのくらい先になるの？」

「わからない」

そうね、と澪は言った。

「行くわ。一緒に行かせて。先生に会いたい」

「うん。いずれね」

「ええ、いずれ」

19

朝起きてみるとプーがいなくなっていた。

すぐに佑司の仕業《しわざ》だとわかった。彼の小さな靴が下駄箱から出され、コンクリートのたたきの上に左右てんでんに転がっていた。

まだ眠っている佑司のフトンを剝《は》ぐと、彼はパジャマの上から黄色いヨットパーカーを着込んでいた。夜中にこの姿で外に出たのだろう。

「佑司」

声をかけると、身体《からだ》をびくりとさせて目を覚ました。

「たっくん……おはよう」

ぼくも、おはようと返し、それから彼に訊《たず》ねた。

「プーはどこ？」

佑司はぼくから目を逸《そ》らし、答えようとしない。

「ねえ」

ぼくは彼の枕元《まくらもと》に腰を下ろした。

「昨日も言ったよね。ちゃんとした場所に預けないと、プーは保健所に連れて行かれちゃうんだって」

「でも……」

「一緒にいたい気持ちは分かるけど、プーのことも考えてあげなくちゃ」

佑司はさっと顔を上げ、訴えるような目でぼくを見た。

「考えてあげたよ」

「そう？」

「うん。プーだってきっとぼくと一緒にいるほうが幸せなんだ」

「そうだね」

ぼくは頷《うなず》き、彼の柔らかな髪を手で梳《す》いた。

「でもさ、いつもびくびく心配して暮らさなくちゃいけないいんだよ」

「びくびく？」

「そう。ごはんを食べてても、昼寝をしてても、いつでもびくびくしているんだ。誰《だれ》かが捕まえに来るんじゃないかって」

「捕まったらどうなるの？」

「捕まったら、保健所とか保護センターとかに連れて行かれる」

「それから？」

「誰か、また飼ってくれる人が来てくれるのを待つんだ」

「誰も来なかったら？」

ぼくには答えられなかった。黙ったまま佑司の目を見つめる。

「誰も来なかったら？」

もう一度、佑司が繰り返した。ぼくは、静かにかぶりを振った。

「じゃあ……」

「そうだよ」

「それはいやだよ」

佑司が言った。

「それはいやだ」

彼はフトンから抜け出すと、ぼくの袖《そで》を引っ張り玄関へと向かった。キッチンでは澪が朝食の用意をしていた。

「ちょっと行って来るよ」

彼女にそう声をかけ、二人で外に出た。思ったとおり、佑司が向かったのはアパートの裏手の空き地だった。

「あれ?」

そう言って、佑司は辺りを見回した。

「どうした?」

「ここに」と言って、放置されたスクーターを指し示し、「ひもで繋《つな》いでおいたのに、いなくなっちゃった」

たしかに、スクーターのタイヤに紐《ひも》が結ばれている。

「逃げちゃったんだ」

朝食の用意を終えた澪も一緒になって辺りを探し回ってみたが、プーの姿を見つけることは出来なかった。

途中から雨も降り出し、ぼくらはずぶ濡《ぬ》れになりながら、それでも諦《あきら》めきれずにプーを探して歩いた。ノンブル先生の家にも見に行ってみたけれど、そこにも彼はいなかった。

やがて、いよいよ雨は本降りになってきた。

「どうしよう？」

「あきらめたほうがいいかもしれないわ。このままじゃ風邪《かぜ》をひいてしまう」

「そうだね。明日になったら戻ってくるかもしれないし」

「帰ってこないよ」

佑司が言った。

「もう、帰ってこない」

家に戻る道すがら、佑司がぼくに訊ねた。

「プーは捕まって、保健所に行くの？」

「どうだろう？　物好きな誰かが拾ってくれるかもしれないし」

「もし、捕まっちゃったら？」

「一応、お願いしておくよ。『ヒューウィック？』って鳴くむく犬が保護されたら連絡ください って。そしたら引き取りに行けばいい。そして、今度こそちゃんと施設に預けるんだ」

佑司はほっとしたように笑顔を浮かべた。

「そうだよね。そうか、そうすればいいんだ」

「そういうこと」

20

翌日、ぼくだけが熱を出した。澪も佑司もぼくを見て、不思議そうな顔をしていた。顔を洗っただけで風邪をひいてしまう人間を見るような、そんな感じ。ぼくの免疫システムはそうとうに安物らしい。予算も人員も削られたどこかの国の防衛網みたいなものだ。やすやすと侵攻を許してしまう。

ぼくは平均年10回は風邪をひいて熱を出す。たまたまその1回がここに来ただけだ。珍しいことではない。

フトンにもぐり込み、澪に剝《む》いたリンゴを食べさせてもらう。

「うわっ」と佑司が言った。

「それ、いいな」

「おまえも風邪をひいたらやってもらえるよ」

「そうなの？」


しかし、この親孝行な息子はめったに風邪をひかない。それだけで、シングルファザーのぼくがどれだけ助かったことか。

佑司は未練を残しながら、不承不承《ふしょうぶしょう》登校していった。

「なにか他に食べたいものはある？」

「無いな。あまり食欲が無いんだ」

「じゃあ、バナナジュースをつくるわ。それなら飲めるでしょ？」

飲める、とぼくは言った。

澪はキッチンに向かい歩いていった。横になったこの位置からだと、彼女のよく発達したふくらはぎが見えた。静脈の透けた膝《ひざ》の裏と、その上の柔らかそうな部分も少しだけ見えた。なかなか心ときめく光景だった。

すばらしい。

しばらくすると、彼女が汗をかいたグラスをトレイに載《の》せ持ってきた。

「水分をとらなくちゃ」

ストローの先を持って、口元まで寄せてくれる。ぼくは亀《かめ》のように首を伸ばし、ストローに吸い付き、バナナとミルクと蜂蜜《はちみつ》の混合液を飲んだ。心地よさが胸に広がる。

「おいしい？」

「おいしい」

ぼくは言った。

「それに、いい気持ちだ」

「そう？　熱があるのに？」

「うん。こういうのもいいよね。久しぶりに気を緩《ゆる》めた感じがする」

「もっとリラックスして。くつろいでいいのよ」

「うん」

彼女はフトンからぼくの手や足をひとつずつ出しては、それぞれの爪《つめ》を切ってくれた。

「ねえ」と彼女は言った。

「なに？」

「もう少し、こまめに爪を切るようにしたほうがいいわよ」

「そうかな？」

「大人なんだから」

「そんな気がしないんだけど」

「そう？」

「なんだかぼくらはまだ15歳のままで、教室の机でうたた寝をしながら夢を見ているような気がする」

「そうならよかったのにね」

「どうだろう？」

「そうしたら、また私をお嫁さんにしてくれる？」

もちろん、とぼくは言った。

「こんなぼくでよければね」

「よかった」と彼女は言って立ち上がり隣の部屋に行った。


しばらくして、彼女の声が聞こえた。

「何か買ってくるから」

「そうなの？」

「ええ、夕食の材料もないし、あと、いろいろ」

「うん」

また、こちらの部屋に戻ってきたとき、なんだか彼女の目元が赤くなっているような気がした。気のせいかもしれないけど。

彼女は自分の額をぼくのおでこにくっつけて熱を確かめた。

「かなり高いわ」

「いつものことだよ。ぼくの身体《からだ》は何事にも大袈裟《おおげさ》に反応するんだ」

「でも、気を付けないと、熱はばかにできないから」

「わかってる」

「急いで帰ってくるから」

「うん」待ってる。

ぼくは言った。


彼女が買い物に出かけて15分ぐらいすると、熱が急激に上がりだした。悪寒《おかん》がして、胸の辺りになんとも言えない気持ちの悪さが広がった。フトンに頭までもぐり込んだが震えは止まらなかった。

しばらく我慢していると、つかの間の平衡状態が訪れた。枕元の体温計をとり、口に含む。1分でピピッと電子音が鳴った。小さな液晶表示を読むと、40・5となっていた。

とたんに不安がこみ上げてくる。ぼくが死んで佑司が呆然《ぼうぜん》と立ち尽くしている姿を想像する。

心気《しんき》症的妄想だ。

心気症とは、つまりはありもしない自分の尻《しり》の匂《にお》いを気にして、ぐるぐると同じところを回り続ける犬のようなものだ。少しでもきっかけがあれば、悪い想像が果てしなく巡り始める。

熱と、そしてバルブから漏れ始めた化学物質とで、ぼくの妄想は暴走しかけていた。以前熱が出たときに診療所でもらった解熱剤があったことを思い出した。極力薬を飲まないようにしていたので、まだ手つかずのまま残っている。自分で自分がコントロールできなくなる前に飲むことにした。

フトンから這《は》い出て、キッチンに向かった。食器棚の引き出しから薬の袋を取り出し、一錠取り分けて口に含む。コップに水を汲《く》んで、ごくりと飲み込んだ。そのまままた這うようにしてフトンに戻った。

これで大丈夫だ。自分に言い聞かす。熱は下がる。佑司がひとりぼっちになることはない。

ぼくは自分の肉体に聞き耳を立て、変化が訪れるのを待った。

やがて、カチッとスイッチの入る音が聞こえた。心臓と胃の間辺り。そこで、確かに音がした。あとで知ったことだが、これは解熱剤に含まれていたアルカロイドのひとつに、ぼくのセンサーが威勢良く反応した音だった。

世界がくるん、と反転した。

バルブが全開になり、レベルゲージが振り切れた。それでも化学物質はまだまだどこからか溢《あふ》れ出していた。体中の筋肉が、ぼくの意志と関係なく収縮した。腕と脚が奇妙な方向に折れ曲がり、指は硬貨を二つに折り曲げられそうなほどの力で握りしめられていた。黒目が自分の脳みそが見えそうなくらい上の方に行っちゃっていた。心臓の鼓動がパガニーニのカプリスを奏でていた。あまりに超絶技巧的心拍だった。

ほとんどこのとき、ぼくは自分が死ぬことを覚悟していた。

そのとき、澪が買い物から帰ってきた。

「熱はどう?」

そう言いながら寝室に入ってきた澪が見たのは、干しエビのように丸まってかなり無理な方向を見つめているぼくの姿だった。

「あなた!」

駆け寄り、抱き寄せる彼女にぼくはやっとの思いで言った。

「キュウ、キュウ、シャ……」

彼女はうなずき、ぼくをそっとフトンの上に戻すと、電話に駆け寄り119番をコールした。

「すぐに来るからね」

ぼくは、わかったと言った。

澪の顔を見ようとするのだが、なかなか視界に捉《とら》えることができなかった。天井やら色あせた壁紙やら、そんなものばかりが目に映っていた。

澪はぼくのもとに戻ると、また上体を抱きかかえて何度も髪を手で梳《す》いた。

「ああ、どうしたらいいの？　どうすれば楽になるの？」

このままでいい、とぼくは言った。

うまく呼吸ができなくて、どうやっても囁《ささや》くような声しか出せなかった。やっとの思いで右手を持ち上げ、彼女の前に差し出した。澪は震えるぼくの拳《こぶし》をそっと握りしめた。

こわい、とぼくは言った。

「大丈夫よ。大丈夫。もうすぐ救急車が来てくれるわ」

ぼくは頷《うなず》いた。

苦しさのあまり目を閉じる。地球がいつもの20倍ぐらいの速さで回っていた。彼女に抱き支えてもらっていなかったら、遠心力で太陽系の外まで飛ばされそうだった。

ふいに大きな波が訪れ、ぼくはひゅっと息を吸った。

「どうしたの⁈」

彼女はぼくの口元に耳を寄せた。

「息ができないの？　苦しいの？」

〈ごめんね〉

ぼくは言った。

「どうして？　どうしてあやまるの？」

〈約束を、果たせなかった〉

「約束？」

〈一緒に、旅をしようって、言ってた、のに〉

ぼくの混濁した意識は、いまここにいる澪が幽霊であることを忘れていた。彼女はずっとぼくとともに暮らしてきた妻だった。

〈また、一緒に、花火を見ようって、言ってた、のに〉


きっと、いつかね。

そう、彼女は言っていた。

そして、いつもそのあとですこし寂しげな笑みを浮かべていた。

彼女はそれが叶《かな》わない夢だと知っていたのかもしれない。

「ならば行きましょう。ね？　一緒に行きましょう。だから、がんばって」

意識の混濁はさらにひどくなった。

彼女の声がはるか遠くで聞こえた。

{ずっと、心配ばかりさせて、ごめん}

{こんな、ぼくに、いままでつきあってくれてどうも、ありがとう}

「いいの。そんなことといいの。もう、しゃべらないほうがいいわ」

額にすごく小さなノックの音が聞こえた。あるいは、澪がこぼした涙だったのかもしれない。

彼女はぼくの閉じた瞼《まぶた》にキスをした。

「さあ、ゆっくりと息をして、力を抜いて」

しかし、ぼくは言うべきことを言うまで言うことを止められなかった。

{佑司のことも、お願い}

{ぼくに、そっくりだから、きっとぼくみたいに、こんなふうになるかもしれない}

{苦しい人生だから、だから}

{だから、だから}

いよいよ混濁は増し、数センチ先の意識さえおぼろに霞《かす》んでいた。

ぼくは、自分がいまどこにいるのか、それすらも分からなくなっていた。

ぼくは、ぼくは、ぼくは、
ぼくは言った。

「きみの隣はいごこちがよかったです。ありがとう」

そして、

「さようなら」

21

救急車で運ばれている途中で、急速に意識は晴れ渡っていった。血液中に溢《あふ》れ出していた化学物質は、もっと穏やかで無害なものに転化されていった。

ふと、ずいぶんと久しぶりに車に乗ったのだということに気付いたが、それで不安を感じるようなことはなかった。救急車は、ぼくが最も心安らぐ乗り物のひとつなのだ。

「治まってきた」

ぼくの手を握り続ける澪に言った。

「ほんと?」

「ほんと」

手のひらを開いて、また閉じる。

「ほら」

ぼくは言った。

「動くようになった」

手のひらには、爪《つめ》の跡が深く残っていた。澪に切ってもらっていなかったら、もっとひどい傷を残していたかもしれない。

「ああ」と彼女は溜《た》め息とともに言った。

「よかった……」

「ごめん」とぼくは言った。

「すごい心配させちゃったね」

彼女は小さく頷《うなず》き、安堵《あんど》の笑みを浮かべた。

「おかげで、寿命が縮まっちゃったわ」

それが彼女のアイロニカルなユーモアだとぼくが知るのは、もう少しあとになってからのことだ。

医者は症状を聞くとすぐに血液を採取して、アレルギーの有無を調べた。結果は問題なしだった。医者は作病癖《さくびょうへき》のある人間を見るような目でぼくを見ていた。この視線には慣れている。熱が高かったことは確かなので、とりあえずリンゲル液の点滴を受けて、それから家に帰された。

タクシーを使ったが、とくに不安を感じることはなかった。さすがの化学物質も在庫切れになっていたのかもしれない。

アパートに戻ると、ぼくは氷漬けにされた。医者からの指示だった。

「寒くない？」と澪は訊《き》いた。

「寒くないよ」

ぼくは言った。

「気持ちがいい。アルプスのアイスマンになった気分」

「なあに？　アイスマンて」

「5000年も氷河の中で眠っていた男性につけられた名前だよ」

「夢をいっぱい見たんでしょうね」

「きっとね」

澪は冷蔵庫からプレーンのヨーグルトを出すと、蜂蜜《はちみつ》をかけてぼくの枕元《まくらもと》に置いた。

「食べる？」

「うん。食べてみるよ」

彼女はスプーンでヨーグルトをすくうと、ぼくの口元に運んだ。ぼくは首を傾け、それを口に含んだ。

冷たい食感が気持ちよかった。ほのかに蜂蜜の香りが鼻先に昇った。

「こんな感じの発作を前にも起こしていたの？」

澪が訊いた。

「何度か」

ぼくは答えた。

「救急車で運ばれたのは3度目かな」

「前の2回の時も私が一緒にいた時に？」

「そうだね。うん、そうだった。前の時もきみが救急車を呼んでくれたんだ。2回とも真夜中だったと思う」

彼女はスプーンを手に持ったまま、しばらく窓の外を眺めていた。その横顔から彼女の内面を酌《く》み取ることはむずかしかった。ただ、小さく神経質そうに揺れるスプーンの先から、ぼくは彼女の心の乱れを感じ取った。

彼女は実際的な女性だったので、きっとその悩みも実際的なのだろうとぼくは推測した。

彼女がいつもと変わらない、細く高く、少し語尾が震える声で言った。

「私がいなくなったら、誰《だれ》があなたを病院に連れて行けばいいのかしら」

うっかりと聞き漏らしてしまいそうなほど、さりげない言葉の調子だった。洗濯物の乾き具合を憂《うれ》えているような、そんな響きだった。

「え？」とぼくは言った。

何か重要なことを聞いたような気がしたのだ。彼女はぼくを見て微笑《ほほえ》んだ。すごく優しい微笑みだった。

「あなたのことが心配なの」

それからまたヨーグルトをすくってぼくの口元に運んだ。ぼくはスプーンを頬張《ほおば》り、ヨーグルトの酸味を味わった。それから彼女に訊いた。

「いま、いなくなったらって言わなかった？」

彼女はおどけて首を傾《かし》げた。大きな目を見開き、何のこと？という顔をした。

「いま、言ったよね」

「そうね」

彼女は言った。

「雨の季節が終わったら」

彼女の言葉を聞いて、ぼくはすぐに悟った。

「記憶が戻ったの？」

しかし、彼女はゆっくりとかぶりを振った。

「記憶は戻らないわ。戻って欲しいけれど」

「じゃあ」

「小説を読んだの。あなたの」

偶然見つけたの、と彼女は言った。


「クローゼットを整理しているとき、あの靴箱が落ちて、その中から」

ぼくは頷いた。

そこに全てを隠していた。小説を書き記した大学ノート。それから、彼女の目に触れさせてはならない様々な書類。それは病院の領収書だったり、墓地の使用権利書だったり、とにかく彼女の死にまつわるもろもろの書き付けだった。

もっと絶対に手の触れない場所に仕舞《しま》っておけばよかったのだろうけど、この狭いアパートで絶対の場所なんてどこにも無かった。

「いつから？」

ぼくは訊いた。

「1週間ぐらい前かしら」

「気付かなくてごめん」

「いいの。このまま何も言わずにいようかとも思っていたの。気付かないふりをしたままで」

「うん」

「でも、やっぱりちゃんとしておくべきだって、感じたから」

「ちゃんと？」

「あなたたちが、ちゃんと暮らしていけるようにとか、それにちゃんとお別れの言葉も言っておきたいし」

「あの小説は嘘《うそ》だって言ったら、信じる？」

彼女は寂しそうに笑みを浮かべ、小さく首を振った。

「なんて言うのかしら。あの小説を読んでやっと納得できた気がしたの。ずっと感じてた違和感の意味が分かったの」

「違和感？」

「自分がこの世界の存在ではないような、そんな感覚。ずっと感じてた。知って、少しほっとした部分もあるの。ああ、私はアーカイブ星の人間だったんだなって」

それに、と彼女は言った。

「あなたたちの挙動もかなり怪しかったし。ときどき、あなたが私たちのことを過去のように語るときもあったわ」

知らなかった。知らなかったけど、彼女は知ってしまった。ぼくの小説は彼女がこのアパートに来たところで止まっていた。しかし、それで充分だった。あとは、もろもろの書き付けさえあれば。

「私のためを思って黙っていてくれたのね？」

ぼくは何も言えず黙り込んでいた。

そんな顔しないでと彼女が言った。

「私は大丈夫だから」

「きみはいつでもそう言うね」

ぼくは言った。

「あなたと一緒だからよ」

あなたと一緒だから心穏やかでいられるの。

「ずっと一緒にいたいよ」

「私もそう思っているわ。でも、きっと――」

「きみが自分でそう決めているから？」

「分からない。何も分からないの。でも、私はあなたに言ったのよ。雨の季節になったら戻ってくるって」

だから、きっと、

「雨の季節が終わったら帰っていくんだと思う」

「ずっとここにいてよ」

「どうすればいられるの？」

彼女は真剣に訊《たず》ねていた。その答えを誰よりも強く欲していたのは彼女だった。

「教えて？」

ぼくは答えられなかった。きっと誰にも答えることなどできないのだろう。知っているものはいたかもしれないが、ずっと口をつぐんだままだった。


「ずっと気になってて言えなかったことがあるんだけど」

ぼくは言った。

「何？」

「きみは、一度お父さんとお母さんに会っておくべきなんじゃないかな？」

「どうやって？　ただいまって言うの？」

「それは無理だけど」

「ノンブル先生は大丈夫だったわ」

「そうだけど」

彼女は、会わないほうがいいのと言った。

「私に記憶が無いのは、よけいな未練を残さないためなのかもしれない」

「そう？」

彼女は頷いた。

「お父さんとお母さんの顔も思い出せないのよ。会っても何も言えないわ。つらいだけよ」

「そうかな？」

「ええ、きっと。いいの、悲しみは少ないほうがいいでしょ？」

「そうかな？」

「ええ、きっと」

それから彼女は思い出したように、奥の部屋からブリキのクッキー缶を持ってきた。

「ああ、それか」

「これも、そのとき一緒に見つけたの」

「忘れていたな。そう、そこに入れておいたんだよね」

　写真だった。

「これ」

　彼女が1枚抜き出し、ぼくの目の前に掲《かか》げて見せた。

「私、別人みたい」

　結婚式の時の記念写真だった。白いウェディングドレスを着た彼女とタキシード姿のぼく。彼女は仄《ほの》かに微笑んでいるけれど、ぼくは緊張のあまり顔が紙のように白くなっている。

「きれいだね」

「私？」

「もちろん」

　ありがとうと彼女は言った。

「あなたは、具合が悪そう」

「意識を失う寸前だね。きみは式の間じゅう何度も訊いてたよ。大丈夫？って」

「つらかったの？」

「いつものことだよ。でも、ちゃんとやり通した」

「ありがとう」

「いえいえ」

２枚目の写真は教会の前で撮った集合写真だった。

「これがきみのお父さんとお母さん、それに妹と弟だ」

ぼくは指をさして教えてあげた。

「優しそうな人たちね」

「そうだね」

「でも、ずいぶん小さな式だったのね。これで全員？」

「そう、全員。身内だけで挙げたんだ。このぼくらのすぐ後ろに映っている大きな人が神父さん」

「外国の人ね」

「そう、バードマンて名前なんだ。日本語が上手なんだよ」

「この人の前で誓ったのね」

「そう、誓った」

「誓いは守れたかしら？」

「守れたよ。いかなる時も互いを慈しみってやつでしょ？」

「そうね」

「ぼくらはいつでもそうだった」

それから二人のこのアパートでの暮らしを語るスナップが次々と出てきた。

「この写真の私はお腹が大きいわ」

「佑司が入っているんだ」

「顔がむくんでいる」

「うん、その頃《ころ》からちょっと体調が悪くなっていったから」

「ああ、そうだったわね」


「これは生まれたばかりの佑司ね？」

「変な顔」

「そんなことないわ。可愛《かわい》いじゃない？」

「いや、これはちょっと」

「そうね」と彼女は言った。

「確かにちょっと、ね」

「半年過ぎたぐらいからどんどん変わっていったんだ。髪が生えそろって、目元がすっきりしてきたら」

「こっちの写真？」

「そう、その頃からだ」

「たしかに、イングランドの王子様ね」

「そう、まさしくそんな感じ」

「ああ、こっちの写真は手にいっぱいボルトを持ってる」

「考えると長い趣味だな。彼の人生をずっと貫いている」

「いまと全然変わってないのね」

「ゆっくりとね、成長していくタイプなんだ。ぼくと同じ」

「そう?」

「ぼくもまだ乳歯が残っているし、親不知《おやしらず》は一本もない」

「ずいぶんと奥手なのね」

「そう、そう言えばまだハシカにもかかってなかった」

そのうち、ぼくは疲れて眠ってしまった。

目覚めると、彼女の姿は部屋になかった。

「澪?」

ぼくは不安になって呼んでみた。

「目が覚めたの?」

そう言いながら、彼女が部屋に入ってきた。

「ちょっと、熱を計ってみましょうか?」

体温は38・1度まで下がっていた。

「ああ、よかった。下がってきているわ」

「うん。ずいぶん楽になった」

ねえ、と彼女は言った。

「この先、また今日みたいな発作が起きたらどうするの? 私はいないのよ」

「大丈夫だよ。命にかかわる発作じゃないんだ。死ぬほど苦しいし、いつも絶対死ぬんだって思うけど、死んだことはない」

「でも、ひとりきりではどうしようも無いわ」

「佑司がいるよ」

ぼくは言った。

「今日はたまたま昼間だったけど、たいてい大きな発作は夜中に来るんだ。だから、佑司がいる」

あいつはああ見えても頼りになるんだ。ぼくが言うと、彼女は少し考えてから頷いた。

「なら、いいけど」

「それに二度と解熱剤は飲まない。今回の発作はあれのせいだったんだから、もう飲まなければ大丈夫」

「また、出来ないことが増えちゃったのね」

「そうだね。でも出来ないことを知るのは大事なんだ。知らずにやってしまうと大変なことになるから」

「今日みたいに？」

「そうだよ」

やっぱり心配だわ、と彼女が言った。

「あなたを置いて行くのはすごく心配」

「きみはいつもそうなんだ」

「そうって？」

「ぼくの心配ばかりして、自分の身体《からだ》のことはずっとないがしろにしてきた」

「そういうふうに出来てるんだもん」

「でもさ」

「なあに？」

「いや」

ぼくはかぶりを振った。

「何でもない」

そのうち、ほとんど熱を感じなくなった。苦しみが去ると、かわりに寂しさが胸に入り込んできた。

「澪」とぼくは呼んだ。

彼女はぼくの枕元に座り、インゲン豆の筋をとっていた。

「何？」

「ここにおいでよ」

ぼくは言った。

「ここに」

彼女はぼくの顔を見て、それから手に持ったインゲン豆を見た。その目は、あの駅のホームで冷たくなった手に息を吹きかけているときの彼女を思い起こさせた。そして彼女は逡巡《しゅんじゅん》を思わせる何秒かの沈黙のあと、こう言った。

「じゃあ、おじゃまさせてもらいます」

「うわ、冷たいのね」

「ああ、そうか」

ぼくは自分の身体のまわりに置かれたアイスパックをフトンの外に出した。

「これで大丈夫」

「あなたも冷たいわ」

「アイスマンだ」

「ええ、そうね」

それから彼女の細いウェストに手を回し抱き寄せた。彼女は一瞬ひるんだように逆らう仕草を見せたが、すぐに力を抜いた。そして、ぼくの顎《あご》の下に頭を置いた。

「そうそう」

ぼくは言った。

「え、何？」

「ベストポジション」

「これが？」

「そうそう」

「無意識のうちにそうなっちゃうのね」

「夫婦だからね」

なるほど、と彼女がおどけて言った。少し照れていたのかもしれない。

「もっと、早くこうしていればよかった」

澪はそう言ってぼくの首にキスをした。

「たった6週間の恋なんて」

「どうしたらいい？」

ぼくは訊いた。

こうしてて、と彼女は言った。

「ただ、こうしてて」

22

ただいま、と言って佑司が帰ってきた。

「ママ？」

離れる間もなく佑司が寝室に入ってきた。フトンの中で抱き合いながら慌てふためいている両親を見て彼は言った。

「あら」

澪は少しずつこの世界を離れるための準備を始めた。すべてはぼくと佑司が二人でもきちんと暮らしていけるようにするためだ。佑司には時機が来たら話すからと言って、澪はまだ彼には気付いていないふりを続けた。彼女は本を読み、ぼくが抱える不具合をずいぶんと研究していた。そして電車を乗り継ぎ2時間かけて、小さな遮光瓶《しゃこうびん》を3本買ってきた。

「ハーブオイルなの」

彼女は言った。

「ラベンダーとユーカリとサンダルウッド」

「どうやって使うの？」

「香りを漂わせるだけよ」

「それだけ？」

彼女は頷《うなず》いた。

「これもあなたがいつも言っている化学物質のひとつよ。あなたの身体《からだ》の中に入って働きかけるの。落ち着きなさいって」

「それでもだめだったら？」

「そうね」

彼女は少し考えてから言った。

「歌をうたえばいいわ」

「歌？」

「そう、こんな歌よ」

ひとりのぞうさん　くもの巣に
かかって遊んで　おりました
あんまりゆかいに　なったので
もひとりおいでと　よびました

「ああ」とぼくは言った。

「知ってるよ。佑司に教えてもらった」

「佑司に？」

「あいつはきみから教わったって言ってた」

「じゃあ、いつか教えたのね」

「きみはどこでこの歌を知ったんだろうね？」

「憶《おぼ》えていないけど」

彼女は言った。

「ふと、いま思いついたの。つらくなったらこの歌をうたうのがいいって」

「きっときみも歌っていたんだろうね」

「ええ、つらいときにはね」


澪はティッシュペーパーにラベンダーのエッセンスオイルを1滴垂らした。ぼくはそれを受け取り鼻に近づけてみた。

「どう？」

「うん。いい匂《にお》いだね。こんな匂い初めてかいだよ」

ぼくは言った。

「なんだろう？　でもなんか懐かしい気もするんだけど」

「どういうふうに？」

「なんだろうなあ、子供の頃《ころ》……」

「子供の頃？」

「ああ、そうか」

ぼくはもう一度ティッシュペーパーに鼻を近づけた。

「そう、これって子供の時にハーモニカを吹いているときに感じた匂いだ」

「ハーモニカ？　そんな匂いしてたかしら？」

「従兄弟《いとこ》にもらったハーモニカでさ、上下2段になった鉄製のでかいやつ。あの鉄に唇が触れたときに鼻の奥に広がった匂いだ」

彼女はなんだかぼくの感想に納得できない様子でいたが、次にサンダルウッドのエッセンスオイルを付けたティッシュペーパーを手渡した。

「ああ、これはすぐに分かる」

「そう？」

「おばあさんの扇子《せんす》」

「何それ？」

「いや、間違いない。これはおばあさんが持っていた扇子の匂い。独特なんだよ」

しばらく彼女は首を傾《かし》げていたが、ああと言って手を打った。

「そうかもしれない」

「なにが？」

「ええ。サンダルウッドって白檀《びゃくだん》のことなの」

「うん。だから？」

「扇子の骨って白檀でつくることが多いから」

「そうか、なるほどね」

じゃあ次、と言ってユーカリを試した。

「これはメンソレータムの匂い。それ以外の何物でもない」

彼女も鼻を近付け、それから頷いた。

「そうね。私もそう思う」

あなたは風邪《かぜ》をひきやすいからと彼女が言った。

「このユーカリを水に1滴落としてうがいをするといいの。キャリアオイルで希釈《きしやく》して喉《のど》に塗ってもいいし」

「わかった、そうするよ」

「薬が飲めないんだから、風邪には気を付けなくちゃ」

「うん」

「あなたの病気は身体の免疫力も低下させるの」

「そうなのかな？」

「そうなの。だから、人一倍気を付けて。食べるものもインスタントではなく、ちゃんと自分で調理したものを食べるのよ」

「うん」

「ちゃんと野菜もとってね。佑司がいやがってもちゃんと食べさせて」

「大丈夫だよ。まかせておいて」

澪はぼくの顔をじっと見ながらしばらく考えていた。彼女の目にぼくが映っていないことは確かだった。少なくともいまのぼくではない。見ているのは6か月後とか、そんな先のぼくの姿だ。

それから彼女は言った。

「そうね」

「そう？」

「あなたよりも佑司に言い聞かせておいたほうがいいのかもしれない」

「それって」

ぼくは言った。

「ぼくよりも佑司のほうが頼りになるってこと？」

「ある部分、そうなんじゃないかしら」

澪はあっさりと頷いた。

「前に言っていたわよね、佑司の半分は私から出来ているんだって。きっとその半分はしっかり者のような気がするの」

「じゃあ、残りの半分はどうなのさ？」

ええと、と彼女はしばらく考えていた。

「ええと、優しさ担当とか？」

「あ、そう」

　それから澪は佑司に様々な家事のノウハウを仕込み始めた。包丁の使い方、良い食材の見分け方、洗濯物はまず、ぱんぱんと叩《たた》いてから干すんだとか、そういったもろもろのことを。

　しゃくなことに佑司はなかなか優秀なハウスキーパーになれそうな素地を見せていた。

　ぼくはレギュラーから外された補欠のような気分だった。ベンチに座り、コーチから手取り足取り指導を受けている新人を見つめるロートル。妬《ねた》ましさで、タオルの端を噛《か》んでしまいそうだった。

　あいつばっかり何でだよ。

　それにしても意外だった。今までも家事を手伝わせてはいたが、手際の悪い父親を見習ってきたものだから、彼もどことなく覚束《おぼつか》ない調子だった。ところが優秀な教師がついた途端、彼本来の能力を俄然《がぜん》発揮するようになった。

　なんと言っても彼の半分は澪で出来ている。いつも間の抜けた調子で「そうなの？」とか言っているのは、きっとぼくが担当した部分なのだろう。

いや、別にいいんだけどね。


夜、佑司がTVのアニメ番組を見ている間、ぼくは字を書く練習をした。

「まえもやっぱりきみに言われてやっていたことがあるんだよ」

「そうなの?」

「その割には、って言いたい?」

「少し」

「だろうね」

彼女は小説の完成を望んでいた。佑司に読ませるつもりだと言ったら、すごく喜んでいた。

「ぼうやはまだ6歳だもの。きっと多くのことを忘れてしまうわ」

だから、と彼女は言った。

「文章にして残すのはいいことだと思う。私とあなたの出会いや、それに今の私たちのこと」

それにはまず、佑司にも読める字で書かなくちゃね。つまりはそういうことだ。

「ぼくのノート読みづらかった?」

「そうね。ロゼッタストーンとは言わないけれど、そうとうなものだったわ」

「あ、そう」

「佑司がまだ赤ん坊だった頃でさ」

「ずいぶん前だったのね。続けていればきっと今頃は綺麗《きれい》な字を書けていたのに」

「3か月ぐらいは続けていたんだよ。でも、そのうち佑司がハイハイするようになってやめてしまった」

「邪魔に来るのね？」

「そう、とにかく興味津々《しんしん》なんだよね。『なにやってるの？』って顔して寄ってきて、ボールペンを摑《つか》もうとするんだ」

「可愛《かわい》いわね」

「そうなんだけどさ、100万回繰り返されると頭にくる。なんで赤ん坊って際限なく繰り返すんだろう？」

「すぐ前にやったことを忘れちゃうんじゃないの？」

「そうかもしれない。で、あんまり頭にきたんでフトンを山のように積み上げて塹壕《ざんごう》の胸壁《きょうへき》みたいにしたんだけど、佑司はにこにこしながらそれを乗り越えてくるんだ」

「元気な赤ちゃんだったのね」

「それはもう。きみの特製のミルクを何ガロンも飲んでいたんだからね。全盛期のロジャー・バニスター並みのパワーだった」

「誰《だれ》それ？」

「ぼくのよく知ってる人」

「そう？」

「でも、向こうはぼくを知らない」

「だと思ったわ」

念のために言っておくとロジャー・バニスターは人類で初めて1マイル4分を切って走った人だ。なんかの雑誌で20世紀を代表する100人にも選ばれていた。たいした人間と佑司も比べられたものだ。

23

週末には足を延ばして植物園に行った。

ぼくはずっと昔にお祖父《じい》さんから譲り受けたミノルタのカメラを持っていった。

「私はちゃんと写るのかしら？」

「大丈夫。きみはしっかりとここにいるよ」

いつものように自転車の後ろにきみを乗せてぼくはペダルを漕《こ》いでいた。その後ろから佑司が子供用自転車で付いてくる。

「もう、スクーターには乗らないの？」

澪が訊《き》いた。

「うん。もうずいぶん前に手放した。怖くてね、乗れないんだ」

「そのほうがいいと思う。危ないもん」

「そう、よく乗っていたなって思うよ。シートベルトもないんだから」

「それに」と澪が言った。

「エア・バッグもないのよ」

「たしかに」


植物園に来たのは久しぶりだった。澪が元気だった頃《ころ》は月に一度は訪れていたのに。

入り口に自転車を停《と》め、門をくぐり園内に入る。アプローチの石畳が50m程続く。

右手の芝生に掲示板が立てられている。

「今、見られる花」とあり、花の名札が10枚ほどぶらさげられている。

ツユクサ、ダイコンソウ、オカトラノオ、ホタルブクロ……。

「オオバギボウシって書いてある」

佑司が嬉《うれ》しそうな声をあげる。人気のない園内にその声が響き渡る。

「この植物園はギボウシがたくさんあるんだ。オオバギボウシの他にもミズギボウシとかスジギボウシとか、たくさん植えられているよ」

「詳しいのね」

「ぜんぶきみからの受け売りだよ」

「そう？」

「うん。澪はね、２００種類ぐらいの花の名前を知っていたんだ。もっとかな？　とにかく、すごく花が好きだった」

「何となく憶《おぼ》えているような気もするんだけど」

「もっと奥に行ってみようよ。きみの好きな場所があるんだ。もしかしたら思い出すかも」

「ええ、そうね」

ぼくらは木々の間をゆっくりと歩いた。

「これはトチノキ」

ぼくは傍《かたわ》らの木をひとつひとつ指さし名前を挙げていった。もちろん、これもすべて澪から教えられた名前だった。

「こっちはナンジャモンジャ」

佑司がくすくす笑った。

「ナンジャモンジャだって。おかしなの」

「ほんとはヒトツバタゴって言うらしいけどね」

それからこっちはユリノキ。

「ユリノキ？」

「そう、でもユリじゃないよ。春にチューリップそっくりな花を咲かすんだ。よく花の頃にきみと来ていた」

「ぼくは？」

「一緒だよ。ずっと小さい頃、ベビーカーに乗っている頃から来ているよ」

「そうなの？」

「そうだよ」

園内を時計回りと逆に進むと、一番深いところに藤棚《ふじだな》があった。足下《あしもと》にはツメクサやウマゴヤシが茂っている。ぼくらはそこにシートを広げた。澪と佑司で作ったお弁当を食べる。

「このウィンナーはぼくが切ったんだよ」

「たいしたもんだ。タコになってる」

「でしょ」

静かね、と澪が言った。

「ほとんど人がいないのね」

「みんなはもっと名の通った花に集まるんだ。アジサイとかラベンダーとか、あるいはバラとかね。ツユクサをわざわざ見に来る人はあまりいない。だから、ここはいつも静かだよ」

「私は好きだわ、この場所が」

「ずっときみはそう言っていたよ。なにか思い出さない？」

「どうかな？　でも、なにか胸の奥が痛くなるの。懐かしいって、こんな感じなのかしら？」

「きっとそうだよ」

弁当を食べ終わると佑司は煉瓦《れんが》で造られた大きな池に走っていった。アサザの葉が浮かびイグサが茂るこの溜《た》め池には、たくさんのクロメダカがいた。

「嬉しそうね」

「あいつのお気に入りの場所はあそこ。水の中を眺めていつまでも飽きずにいるんだ」

「そう？」

「うん」

ああ、と背伸びをして澪がシートの上に仰臥《ぎょうが》した。ぼくも隣に並んで寝転ぶ。

「いい気持ちね」

「そうだね」

どこか遠くで子供の笑い声がする。耳元ではアブの羽音が近付き、そしてまた遠ざかる。

「眠ってしまいそうだ」

横を向くと、ぼくをじっと見ている澪と目があった。

「もうすぐ、雨の季節が終わるわ」

澪が言った。

「そうだね」

「あなたたちと離れたくないの」

ぼくは小さな彼女の頭を抱き寄せた。

「うん」

「これが夢ならいいのに」

「そう？」

「目覚めたら、高校の教室で隣にはあなたがいるの」

「うん」

「そして、あなたに言うの。私たちは結婚して、イングランドの王子みたいな男の子を授かるのよって」

「うん」

「そしたら、あなたはなんて言うのかしら？」

「よろしくお願いします」

ぼくは言った。

「こんなぼくでよければ」


ぼくらはキスをした。

「私の初めてのキス」と澪は言った。

「ごちそうさま」

ぼくは言った。そして、こう訊《たず》ねた。

「おかわりしていい？」


3人で写真を撮った。石造りの水飲み場の上にカメラを置き、セルフタイマーをセットして何枚も撮った。佑司を間にはさみ、ぼくと澪が並んで立った。ぼくらは手を繋《つな》いでいた。ぼくらの後ろではサルスベリの木が真っ白な花を咲かせていた。

植物園の向かいにある園芸ショップでぼくらはバラの鉢を買った。春の花は終わっていた。次に花をつけるのは秋。

「なんて名前の花？」

佑司が訊いた。

「かぐや姫」

澪が言った。

「かぐやひめ？」

「そうよ。この子の世話は佑司にお願いするわ」

「ぼくが？」

「そう、ちゃんと秋になったら花が咲くように面倒を見てあげてね」

「どんな花が咲くの？」

「黄色い花だそうだよ。すごくいい匂《にお》いがするんだって」

ぼくが言った。

「うん、じゃあがんばるよ。やってみる」

「お願いね」

そしてぼくらはバラの鉢とともにアパートに帰った。

24

残された日々は、思いよりもつねに少しずつ早く過ぎた。

澪は佑司に料理を教え、そして夜になるとぼくは字を書く練習をした。買い物の帰りに先生とプーのいない17番公園に立ち寄り（先生はぼくが熱で寝込んでいるあいだに遠い施設に移送されていた。ぼくらはしばらく過ぎてからそのことを知った）、夕食の後に用水路沿いの歩道を3人で散歩した。

佑司が見ていないところで、ぼくらは幾度《いくど》もキスをした。

TVの天気予報で雨の季節が終わると言っていた。今朝、夜が明ける前にひどい雷雨があったが、それもこの季節の終わりを告げる雨だという。

あと2日。

佑司は朝食を摂《と》ることに夢中で、TVの声には気付いていなかった。

ぼくは澪を見た。

彼女は泣きそうな顔でかぶりを振った。

（おねがい、まだ――）

佑司は何も知らずに、ただひたすら食べ続けていた。


その夜、ぼくと澪はセックスをした。

佑司が例の濁った寝息を立てているのを確かめてから、彼女がぼくのフトンに入り込んできた。

「前の時にはここまで6年以上かかったのにね」

「今度は6週間。すごいね」

そして、6日目でそうなるカップルもこの国にはたくさんいた。ぼくは澪のコットンのパジャマをフトンの中で脱がせた。彼女は身体《からだ》を固くして、ぼくのされるままになっていた。

「慣れてるのね？」

「おかげさまで。きみといっぱい練習したからね」

下着も脱がせると、ぼくはそれを丸めてパジャマと一緒にフトンの外に出した。彼女が慌てて手を伸ばし、白い下着をパジャマの下に隠した。そのとき彼女の小振りの乳房が揺れるのが見えた。ぼくの視線に気付いた彼女は、またフトンに肩までもぐり込んだ。

「何なのかしら？」

彼女が言った。

「服を着ていないだけで、すごく不安になるの。頼りない気分」

「そう？」

「ええ。あなたも脱いで。ひとりだけじゃいやなの」

「分かった」

ぼくはパジャマとパンツを脱いで、それも丸めてフトンの外に投げた。

「さあ、これで一緒だ」

ぼくらは横向きに向かい合い、ゆっくりと静かに互いの身体を抱き寄せた。

「ふう」と彼女が言った。

「これがそうなのね」

「そう。でもこれだけじゃないよ」

「大変ね。ついていけるかしら？」

「大丈夫。少なくとも前のきみは大丈夫だったよ」

「じゃあ、がんばってみる」

「そういうものなの？」

「そうでしょ？」

「そうかな」

しかし、全然大丈夫じゃなかった。彼女はものすごくがんばる羽目《はめ》になった。

「痛いんだけど」

「うそ」

「ほんと」

「でも――」

「場所が違うんじゃないかしら？」

ぼくは一点に神経を集中させてみた。

「いや、あってるよ」

「じゃあ、何故《なぜ》？」

下から彼女が不安げな顔でぼくを見上げていた。ぼくは両手で自分の上体を支えたまましばらく考えていた。

「一度この星を去って、また戻ってくるときには、すべてがクリアされちゃってるのかな?」

「クリア?」

「ゲームみたいにさ。以前の経験は0に戻ってる」

「そう?」

「だから記憶もないし、体験もない」

ぼくは言った。

「きっと。必要な情報だけがインプットされて、そしてそこから始まるんだ」

「じゃあ、私バージンなの?」

「ということになるね」

彼女は戸惑っている。

当然だろう。

6歳の子供を持つ母親が、実はきみはバージンなんだよと言われたら、誰《だれ》だって戸惑う。

「大丈夫だよ」

ぼくは言った。

「まかせておいてくれれば。いっぱい練習積んできてるからさ」

その言葉にようやく彼女は表情を緩《ゆる》めた。

「そうね。そうよね」

そして彼女は目を閉じ、恭順の意を示すように全身の力を抜いた。ゆっくりと沈んでいくと、彼女は背を反《そ》らし、ぼくに白い喉《のど》を見せた。唇が微《かす》かに開かれ、彼女は小さな声を漏らした。

「お願い。優しく、そっと……」


しかし、ぼくは彼女が望むほどスマートには出来なかったような気がする。何年も前に二人が初めてセックスをしたときのほうがまだましだったように思えた。あのときは夢中で彼女に気遣う余裕もなかったし、二人とも何が何だか分からないうちに終わっていた。しかし、今回のようになまじ経験があると、つい気遣ってしまい腰が引けてしまう。それが結局は彼女により長い時間、苦痛を感じさせてしまうことになった。

放心のあまり、無防備なまま横たわる澪の白い乳房を、ぼくはぼんやりと眺めていた。汗に濡《ぬ》れた乳房は、生まれたての双子の子猫のように見えた。

「がんばったよね。えらかったね」

ぼくが言うと、彼女は目を閉じたまま微笑《ほほえ》んだ。

「それほどでもないんだけどって言えばいいの?」

「いや、きみはほんとにがんばったよ」

「ありがとう」

「いえいえ」


ぼくらは素裸のまま二人並んでオレンジ色の天井を見つめていた。

ねえ、と澪が言った。

「嬉《うれ》しいの」

「そう?」

「すてきな6週間だった」

「うん」

「恋をしたわ」

「したね」

「手を繋《つな》いで、キスをして」

「そしてセックスもした」

「ママにだってなった」

もう充分よね、と彼女は言った。

「もう、これ以上なにも望まない」

「うん……」

「あなたたちに会えてよかった」

「うん……」

彼女は、両手をそっと自分の胸の上に置いた。

「奇妙に思うかもしれないけれど」

彼女は首を傾け、ぼくを見た。

「最初、私はあなたの奥さんに嫉妬《しっと》していたの」

「ぼくの奥さんはきみだよ」

彼女はかぶりを振った。

「私は私。6週間前に生まれたばかりの女の子」

「うん、わかるよ。そう思う気持ち」

「いいなあ、って思ってた。あなたたちにあんなに愛されて、あんなに思い出がたくさんあって」

「うん」

「あなたたちは愛《いと》おしそうな目で私を見るけど、それは私ではなく、あなたたちの思い出の中の女性なの」

だから、と彼女は言った。

「一生懸命がんばったの。いい奥さんになって、この私を愛してもらおうって」

「うん。恋したよ。初めての時みたいに」

「そう？」

「どきどきしたよ。ぼくはまたもう一度恋に落ちたんだ」

生まれたてのきみに。

澪が眩《まぶ》しそうな目でぼくを見た。そして、今にも泣き出しそうな顔でぎこちない笑みを見せた。

「あなたのことがどうしようもなく好きなの」

ぼくは手を伸ばし、彼女を抱き寄せた。汗が冷えて、彼女の身体はひんやりとしていた。

「ぼくもだよ。きっとぼくらはこうやって、何度でも恋に落ちるんだ。出会えばきっとまた惹《ひ》かれてしまう」

「いつかまた、何処《どこ》かで？」

「そう、いつかまた、何処かで。そのときもまたきみの隣にいさせてよ。すごくいいごこちがいいんだ」

「ええ、そうね」

彼女は言った。

「私もあなたの隣が好きなの」

彼女がぼくの首の下に頭を置いた。

「ベストポジション、よね？」

ぼくの鎖骨の辺りで澪の声が小さく響いた。

「夫婦だからね」

ぼくは言った。

「ええ、そうね」

もうすぐ、と彼女は言った。

「もうすぐ日付が変わるわ」

眠くない？　と訊《き》くので、眠くないと答えた。

「それに明日は土曜日だからね。仕事はないし、大丈夫だよ」

「じゃあ、もう少しこのままでいていい？」

「いいよ。もう少し、このままでいよう」

「ありがとう」

「いいえいいえ」

前の日とあまり変わり映えのしない次の日がやってきた。しかし、それはぼくらにとって悲しみの日として語られることになる。1年前のあの日と同じように。

全ての挿話《エピソード》が喜びに満ちているわけではない。悲しい挿話もある。悲しい挿話の多くは、別離にまつわる話で出来ている。ぼくはいまだに別離のない出会いの話を聞いたことがない。

25

霧のような雨が静かにゆっくりと地上に降り注いでいた。空はべったりと乳白色に染まっている。深みも奥行きもない、安っぽい空だった。

ぼくらは傘をさし、歩いて森に向かった。小さな水溜《みずた》まりが出来ていた。佑司はそれをいちいち踏んで歩いた。

森の入り口にある造り酒屋の工場は相変わらず「ゴン、ゴン、シュー」と唸《うな》り声を上げていた。湿った落ち葉が幾重《いくえ》にも積もる小径《こみち》をぼくらは進んだ。クヌギやエゴノキの濡《ぬ》れた葉が空を覆い隠していた。小径の端では、カタバミが小さな黄色い花を咲かせていた。地面から隆起した松の根が、雫《しずく》に濡れ淡い光を放っていた。

雨は木々の葉にさえぎられ、ぼくらまでは届かなかった。傘を閉じ、澪と佑司は手を繋《つな》いで歩いた。

「また、ギボウシを見てみたいわ」

澪が言った。

「もうすぐだよ。その先を入ったところ」

けれど、行ってみると花は消えていた。ただ、大振りの美しい葉だけが雨に打たれて揺れていた。

「もう、花は終わったみたいだね」

「ええ、そうね」

ぼくらは森の外れまで来ていた。道は微《かす》かに昇《のぼ》っていた。その先で森は終わる。

澪は歩を緩《ゆる》め、隣を歩く佑司をじっと見つめた。

「なあに？」

母親の視線に気付いた佑司が彼女に訊《たず》ねた。

「ママね」

「うん」

しかし、彼女は言い出せずにいた。

「なあに？」

佑司は期待すべきなのか、それとも不安に思うべきなのか、判断のつきかねる表情で母親を見上げていた。

「ママね」

そして彼女は、ようやくその先を口にした。

「もう少しで、さよならなの」

佑司の顔からふっと表情が消えた。微かに開いた唇が小さく震えていた。彼はずいぶんとながいあいだ母親の顔を見ていた。

やがて、落ち葉の行方を目で追うように、ゆっくりとこうべを落とした。

「もう少しって、どのくらい？」

濡れた地面に視線を向けたまま佑司が訊《き》いた。

澪はかぶりを振った。

「ママにも分からない」

「ママが帰る日を決めたんでしょ？　思い出したんじゃないの？」

「そうじゃないの。パパから聞いたのよ」

「言わない約束だったんだよ」

俯《うつむ》いたまま佑司が低く呟《つぶや》くように言った。

「ママが訊いたのよ。教えてって」

「そうなの？」

「ええ、そうよ」

それきり二人は黙り込んだ。

手を繋ぎ、歩幅を合わせ、ゆっくりと進む。彼らは世界で最初か、あるいは最後の二人のように見えた。代わりになれる人間はいなかった。母子はまるでひとつの命のように寄り添い歩いていた。

ぼくは二人の後ろを歩きながら、彼らの背をぼんやりと見つめていた。澪は白いワンピースの上に桜色のカーディガンを羽織っていた。あの日と同じ装いだった。佑司は七分丈のパンツと、黄色い長袖《ながそで》のTシャツを着ていた。細い足の先には、シャツと同じ色の長靴があった。長靴にはプーによく似たむく犬の絵が描かれていた。澪が佑司に買い与えたものだった。彼は晴れの日でもその長靴を履いて歩いた。

「ママ？」

やがて佑司が口を開いた。澪によく似た、澪よりも3度高い声だった。

「ママ、ごめんね」

彼は言った。

澪は立ち止まり、屈《かが》んで佑司と視線を合わせた。

「どうして、あやまるの？」

彼女は濡れた髪をかき上げ、幼い息子に顔を寄せた。

「あなたはなにも悪いことはしてないわ」

佑司は静かにかぶりを振った。

「悪いことしたよ」

言葉尻《じり》を上げ、そう囁《ささや》くように言った。何かをこらえているような口調だった。喉《のど》にこみ上げてくる何かを。

「あなたはいい子よ。そんなこと言わないで」

澪は佑司の頬《ほお》にそっと手を添えた。佑司の鼻がみるみる赤く染まっていく。彼は幾度も瞬《まばた》きを繰り返した。

「ぼくのせいでしょ？」

細く震える声で佑司が言った。

「ぼくのせいで、ママは死んじゃったんでしょ?」

澪がはっと顔を上げ、こちらを見た。

ぼくは素早く首を横に振り、それから次にゆっくりと縦に振った。

違う、彼のせいじゃない。

きみは知っているよね? ぼくの思いは、きみが読んだ言葉のとおりだ。彼は
——佑司は、地上に届く前の雪のように無垢《むく》なんだ。

彼女は頷《うなず》き返した。

ええ、知っているわ。私もあなたと同じ思いよ。

澪は佑司の目を覗《のぞ》き込みながら言った。

「そんなことない」

彼女はかつて見せたことのない真剣な表情をしていた。

「違うの」

「ちがわない。ぼく知ってるんだ」

佑司は溢《あふ》れ出た涙を小さなこぶしで拭《ぬぐ》った。

「親せきのひとが教えてくれた。ぼくが生まれたせいでママが死んだんだって」

彼は顔を上げ澪を見た。赤く染まった頬が濡れていた。桃色の唇をOの字にして、
彼は母親にうったえた。

「ぼくずっと知らなかったの」

彼は瞬きを繰り返していた。

「そんなこと知らなかったの。知っていたら、もっといい子にしていたのに」

ごめんなさい。

佑司は鼻をすすり上げた。

「ずっと、あやまりたかったの。ごめんなさい」

ごめんなさい。

「あやまらないで」

澪は言った。

「あなたは少しも悪くないのよ。あなたはいい子。世界中の誰《だれ》よりもいい子よ」

彼女の声はまるで彼女の声じゃないみたいだった。激しく震え、嗄《しわが》れていた。

「でも」

佑司は鼻をすすり上げた。

「ぼくが生まれなければ、ママはずっとたっくんといっしょにいられたんでしょ？」

「そうじゃないの」

そうじゃない。

澪は佑司の濡れた髪を指で梳《す》いた。

「ママはね、きっと佑司を産んでいなくても、やっぱり同じようになっていたと思う」

佑司の瞬きが止まった。

「それに、あなたのいない人生なんて考えられない。あなたがいて、初めて私は自分の人生を生きたって、そう思えるようになるの」

「そうなの？」

「ええ。あなたと出会えなければ、50年生きたってこれほど満ち足りた気持ちにはなれなかったと思う」

「ほんと？」

「ええ、ほんとよ。パパもママもそのために出会ったの。あなたと会うために」

「ぼくと？」

「そう、あなたよ。ほかの誰でもないあなたと。私のイングランドの王子様」

「だれそれ？」

「いつも鼻を詰まらせていて、役に立たないゴミみたいなものを拾い集めるのが趣味で、そうなの？っていうのが口グセの誰かさん」

「そうなの？」

「そうよ。私の最高の宝物なの」

「それって、ぼくのこと？」

「ええ、そうよ」

彼女は佑司に頰ずりした。

「すてきな大人の人になってね」

頰にキスをして、それから髪をかき上げ額にもキスをした。

「私はそれを見届けることはできないけれど、ずっと願っているから。あなたの人生が愛でいっぱい満たされますようにって」

「アーカブイ星で？」

「そう。アーカイブ星で、ずっとあなたたちのことを思っているわ」

「ぼく、ずっとママのこと忘れないよ」

佑司は母親の首にしがみつき囁いた。

「ずっと忘れないからね。たっくんがいつかアーカブイ星に行ったとき、ちゃんとママに会えるように憶《おぼ》えておくからね」

「ありがとう。ママも決して忘れないわ。私のぼうや」

愛しているわ。

そう言って、もう一度きつく抱きしめた。

「私の人生は短かったけど、あなたを得たことで、とても豊かな日々を送ることができた」

ありがとう。

「パパのこと、お願いね。私の代わりにパパのこと、ちゃんと気遣ってあげてね」

「うん、わかった」

それから澪はハンカチで佑司の涙と鼻を拭った。

「まだ、すぐには行かないから」

彼女は言った。

「大丈夫よ」

佑司は頷き、二人は手を繫いで再び歩き出した。

そして森が終わり、空が開けた。

佑司は夢中になって宝物探しをしている。彼の宝物には螺旋《らせん》の切れ込みが入っていたり、幾つもの小さな歯が付いていたりした。

雨は気配のようにぼくらを覆っていた。

彼女は濡れた髪を両手でかき上げた。15の時から見続けてきた形のいい額が露《あら》わになった。ほつれ下がった数本の黒い髪が額に貼《は》り付いていた。

「あれで良かったのかしら?」

彼女は言った。

「うん。佑司はきみの言葉でやっと自分を赦《ゆる》すことができたんだ」

「あんなに苦しんでいたなんて」

「気付かなかったぼくが悪いんだ。もっとちゃんと言い聞かせておけばよかった」

「あなたのせいではないわ」

さりげない口調で彼女が言った。言うまでもないことだけど、一応言っておくわ。そんな口調だった。

ぼくは頷き、自分のこころが軽くなるのを感じた。


ぼくらは崩れかけた壁を背にして立っていた。すぐ後ろには#5と書かれたドアがあった。ぼくらの隣には支柱の曲がった郵便受けがあった。全てが雨に濡れ、実際以上に古びて見えた。

「あなた」と澪が言った。

「うん?」

いつもと変わらない声だったので、いつもと同じように答えた。

彼女は言った。

「もうすぐお別れみたい」

そして、夕方にはまた再会できるような口調だった。

でも、そうじゃなかった。

彼女は自分の右手を掲《かか》げて見せた。指の第二関節から先が消えていた。ぼんやりとした輪郭だけを残し、中身のあらかたはどこか別の場所に行ってしまっていた。あるはずの指を透かして、森が見えた。

ぼくの胸でスイッチが入る音がした。

カチリ
バルブが開かれ、レベルゲージの針が跳ね上がるのを感じた。

「痛くない？」

ぼくの声は不安で震えていた。

彼女は不思議そうな目で自分の指先（のあるべき空間）を見つめていた。

「痛くはないの。ただ、指先が冷たく感じる」

「じゃあ、まだあるんだね？」

「ええ。きっと、どこかに」

「きみは、そこへ行くのかな？」

「そうだと思う」

「どうすればいい？」

「手を握っていて」

彼女は寂しそうな笑みを浮かべた。

「お願い。最後の瞬間まで」

「わかった」

ぼくは自分の右手で澪の左手を掴《つか》んだ。強い力で。

そうすれば、彼女をこの世界に引き留めていられると信じているかのように。

澪は細い指で、ぎゅっとぼくの手を握り返した。

彼女の指は細かく震えていた。彼女は怯《おび》えていた。強い不安を感じていた。それなのにぼくを気遣い、平静を装っていたのだ。

ぼくは、自分に言い聞かせた。

強くあれ。

彼女のために。

「大丈夫」

ぼくは言った。

「ぼくがいるから」

澪は青ざめた顔で頷いた。

そして、ぼくらは手を繋ぎ心をひとつにして、最初の大きな不安の嵐《あらし》を乗り切った。

やがて、つかの間の平静が訪れた。


「あなた」

彼女が言った。

「佑司のこと、お願いね」

「うん」

「私の分まで愛してあげてね」

「うん」

しかし、すぐに彼女の言葉は途切れた。うつむき唇を噛《か》みしめる。薄い唇の間から八重歯《やえば》の先端がのぞく。

目を閉じ、一筋の涙をこぼす。

「つらいな」

彼女は言った。

「行きたくないな。まだ、ここにいたい。佑司が大きくなっていくのを見ていたい。あなたのそばにずっといたい」

彼女は「ふう」と息を吐き、顔を上げた。

「だめね。こんなこと言ったら、あなたを困らせちゃう」

「いいんだよ。きみの思いのままをぼくに伝えて」

彼女は目を閉じ、小さくかぶりを振った。

「だめ、言葉が出ないの。あなたが言って。何か話して」

「ぼくは――――」

結局、口をついて出た言葉は、いつも胸にあった思いだった。

「――きみを、幸せにしてあげたかった」

ぼくは握った手に力を込めた。彼女もそれに応《こた》えて、ぎゅっと握り返した。

「きみを映画に連れて行きたかった。高いビルの上から二人で夜景を見たかった。いっしょにワインかなんか飲んでさ。ふつうの夫婦みたいにさ、ふつうにしてあげたかったんだ」

でも、できなかった。

澪はこの小さな町で、その短い一生を終えた。いくらでも広い世界に出ていくことができたのに、夫に寄り添ったままこの場所から離れようとせず、人から見たら取るに足らないような、ささやかな喜びを大事に拾い集めて暮らしていた。

たとえば、安いフレームに収められた自画像のような、そんなささやかな喜びを。

「ごめんね」

ぼくは言った。

彼女は濡れた目でぼくを見つめ、強《こわ》ばった笑みを浮かべた。

「どうして――――」

彼女の声は涙で鼻声になっていた。

「どうして、うちの男のひとたちはあやまってばかりいるのかしら？」

彼女の薄い唇が色を失い、細かく震えていた。

「私は幸せよ。何もいらない。ただ、あなたの隣にいられるだけでいいの」

知ってた？　それがこの世で一番の幸福なんだって。

「そうなの？」

「ええ」

彼女は言った。

「自信を持って。あなたは素敵なひとよ」

「そんなことを言ってくれるのはきみだけだよ」

「そんなことないわ」

「そんなことあるよ。きみは、変わってるよ。趣味が悪すぎるよ」

彼女は何も言わず、優しい眼差《まなざ》しで静かにぼくを見ていた。

「ねえ」

彼女が言った。

「私はあなたを幸せにできたかしら?」

「幸せだよ。もう充分に。きみがこのぼくと結婚してくれただけで、もう充分すぎるほど幸せだった」

「そう?」

「うん」

澪の右手が肘《ひじ》の上まで消えて無くなっていた。残された時間はあとわずかだった。

「身体《からだ》に気を付けてね」

彼女が言った。

大きな目が涙に濡れ、その縁が桜色に染まっていた。

「それだけが心配なの」

「気を付けるよ。少しでも良くなるように努力する」

「がんばって生きてね」

「うん」

「あなたは、人よりも少しだけ重いものを背負わされているだけ。きっと、がんばって歩いていけば、どんな遠くにだっていけるはずよ」

うん、そうだね。

彼女の姿がふいに揺らいだ。繋いだ指先の感覚がひどく頼りないものになっていた。すでに彼女の右半身は消えていた。

澪はそれでもまだ、懸命にぼくに言葉を伝えようとしていた。

「あなたの隣はいごこちがよかった――できるなら、ずっといつまでもあなたの隣にいたかった――」

「うん」

「愛してるの。あなたが好きよ。あなたの奥さんでよかった――」

「ぼくもだよ、ぼくも――」

彼女がにっこり微笑《ほほえ》んだ。

半分だけの微笑み。


「ありがとう、あなた――」

いつか、また、どこかで会いましょうね……

言葉だけが、何もないところに浮かんでいた。

ぼくは自分の握りしめた右手を見た。そこにあるのは、彼女の半身によく似た、桜色の霞《かすみ》だった。やがて、風が吹き、それも消えてしまった。
彼女の匂《にお》いだけが残った。
『あの匂い』だった。
彼女がぼくに向けて放つ親密な言葉。
世界にひとつだけの言葉。

『みおって』彼女が言った。
『それが私の名前なの？』
そうだよ。
それがきみの名前だ。
世界でたったひとりの、ぼくが心から愛した妻の名前だよ。

さよなら、澪。

佑司が息を切らして駆け寄ってきた。

「見て！」

掲げた手には小さなスプロケットが握られていた。

「すごいでしょ！　ママにあげるんだ。ママはどこ？」

ぼくは言葉を口にすることができず、ただ涙をこぼさないようにこわばった笑みを浮かべ何度も頷いていた。

「どこにいるの？　教えて？」

それでもぼくが口を開かずにいると、佑司はまた駆け出していった。

「ママ？　どこにいるの？」

「見て、当たりを見つけたよ。ママにあげるよ」

「ママ、どこ？」


ママ？

ママ？

澪が去ったその2日後に雨の季節は終わりを告げた。彼女はずいぶんと急ぎ足で旅立っていったようだ。

26

そしてまた二人きりの生活が始まった。

それでもまだ、部屋のいたるところに彼女の思い出が残されていた。たった6週間で去っていった女性の思い出が。

『あなたは?』と彼女が訊《き》いていた。

『あなたは幸福? 私はあなたを幸福にしているの?』

そんな言葉が蘇《よみがえ》るたびに、ぼくははるか遠い星にいる彼女に呼びかけた。

きみは、いつでも、そうやって訊いていたよね。ぼくを幸せにしているんだろうか?って。そんなふうに思ってくれる奥さんがいることが幸せなんだって、きみは知らなかったのかな。

『がんばったのね。えらいわ』っていうのもきみの口癖だったよね。

もう聞けないのかと思うと、すごく悲しいよ。きみがそう言ってくれるなら、ぼくはいくらでもがんばれたのに。ロケットに乗って冥王星《めいおうせい》にだって行けたのに。でもきっとぼくがそう言うと、きみは大仰《おおぎょう》な瞬《まばた》きを繰り返して、嘘《うそ》は駄目よって顔するんだろうね。

ぼくらは、二人だけでもずいぶんとがんばってやっていた。佑司は前よりもずっと頼りになるパートナーになったし、少しだけ大人にもなった。

ずっとバンザイの格好をして眠っていた彼は、最近ではうつぶせになって、ずっと敬礼の姿勢で眠るようになった。右腕の肘《ひじ》を高く掲げ、指先をこめかみに添えて。ずいぶん、苦しそうな寝相《ねぞう》だったけど、その格好で彼はすやすやと眠っていた。いったい、一晩中誰《だれ》に向かって敬意を表していたんだろう？

彼は朝起きるとまず、クローゼットの上に置かれた写真に向かって「おはよう」と言った。あの植物園で撮った写真だった。佑司を挟み、澪がぼくと並んで微笑《ほほえ》んでいる。サルスベリの真っ白い花を背景に、ぼくらは幸福そうな顔をしていた。彼らが見る先には、何処《どこ》か誰も知らない美しい世界が広がっているような、そんな眼差《まなざ》しだった。それから、佑司はかぐや姫の根元に水をやり、ときにはゴミ出しを手伝った。

ぼくらは毎日服を取り替えた。食事のときには行儀良くして、食べ物をこぼさないようにした。洗濯物を干すときは、ぱんぱんと叩《たた》くのを忘れなかった。

夜になると、ぼくは字の練習をして、それから小説の続きを書いた。そして眠る前には、佑司に『ジム・ボタン』を読んで聞かせた。週末には森に出かけ、工場の跡地でボルト拾いをした。

ぼくは毎日自転車で職場に通い、いままでと同じように自分に宛《あ》てた送り状を見ながら、その日の仕事をこなしていった。もう、永瀬さんが奇妙な行動を取ることはなくなった。ぼくは季節にあったスーツをきちんと着ることを覚えた。髪もひと月ごとに切るようにした。所長は相変わらず、自分の机で眠っていた。

彼はますます、ピレネー犬と見分けが付かなくなっていた。


そうやってぼくらは「あの日」から少しずつ遠い場所へと漂い流されていった。

それでも澪はぼくらとともにいた。ぼくの隣に、佑司の隣に、彼女はいた。

ぼくが字の練習をしているとき、肩越しに覗《のぞ》き込む彼女の気配を感じた。ぼくは彼女の匂《にお》いを感じ、その声さえ聞いたような気がした。

『あなた』

そう呼ばれたような気がして、ぼくはそのたびに振り返った。

夜眠るとき、ぼくは自分の隣にいる彼女の温《ぬく》もりを感じた。首にくすぐったいような感触があり、くすくす笑いながら『ベストポジション？』と訊《たず》ねる彼女の声を聞いた。

やがて、秋の音が聞こえてきた。

それは虫の音《ね》だったり、渡り来る風にさやさやと身を揺らす稲穂の囁《ささや》きだったりした。

かぐや姫は優雅な黄色い花を咲かせ、甘い匂いを漂わせた。

「これ、ママなんだよ」

佑司は言った。

「だってほら、ママの匂い」

「そうだね」

いつだって彼女は、ぼくらの隣にいた。

27

どこまでも澄み渡る小春空《こはるぞら》のもと、ぼくらは駅舎を目指し、自転車を走らせていた。電車を乗り継ぎ、2時間かけて海辺の町にいるノンブル先生を訪ねに行く。

それは澪の願いでもあった。彼女はいつもノンブル先生のことを気遣っていた。

『ひとりで寂しくないかしら』

『何か不便はしてないかしら』

彼女ひとりで見舞いに行くという話もあったのだけれど、結局先生の体調が悪かったりして成されぬままに終わってしまった。

彼女は去る前、ぼくに『お願いね』と言っていた。それにぼくだって先生には会いたかった。澪のこと、プーのこと、小説のこと、話したいことはいくらでもあった。

だから、とにかく、ぼくは行くことにした。でも、そう決意した途端に脈拍が20ぐらい上昇した。

すばらしい。

冥王星《めいおうせい》に旅立つアストロノーツの憂鬱《ゆううつ》。それがぼくの気持ちだった。

駅舎に到着し、まず驚いたのは自動発券機だった。10年ぐらいのブランクのあいだに、ずいぶんとこの機械は進化していた。とにかくボタンの数が倍ぐらいに増えていた。しかも液晶表示があって、小難しい手順を踏まないと子供用の切符を買えないようになっていた。出てきた切符は、おもちゃの乗車券のようにぺらぺらだった。それを自動改札のスリットにさし込むらしい。

ＴＶで見て、自動改札の存在そのものは知っていた。けれど、いざその前に立つと必要以上の緊張を強《し》いられることになった。こんなに緊張するのは、いつかどこかのホテルで回転ドアに挑戦して以来だ。

それでもぼくは何とかやり遂げた。この時点で、ぼくはすでにそうとうに消耗していた。

ぼくは佑司に言った。

「各駅停車に乗っていくからね」

「特急のほうが早いよ」

「いや、特急はまずい。停車するまでの間が長すぎるよ」

「長いと、どうなの？」

「どうにもならないけどさ。どうにかなったときに、すごく困るんだ」

「そうなの？」

「そうなんだ」

各駅停車で行くと、全部で40駅以上停《と》まることになる。進んで、止まり、はあ……って溜《た》め息みたいな音を立て、またよっこらしょと動き出す。それを40回も繰り返す。

誰《だれ》かさんの人生みたいだ。

はあ……

やがて電車が来て、ぼくらは乗り込んだ。

さすがに足が震える。佑司の手をしっかりと掴《つか》んだ。

「たっくん」と佑司が言った。

「なに？」

「手にすごい汗かいているよ」

言うまでもなく、冷や汗だった。

ドアが閉まり、ガタンと電車が走り出した途端、カチリという音が聞こえた。おなじみの音だ。胸と胃のあいだあたり。

ぼくはあわててサンダルウッドの遮光瓶《しゃこうびん》を取り出し、ハンカチにスポイトで1滴垂らした。それで口元を覆う。甘い香りが鼻腔《びこう》内に広がる。バルブは開かれたが、まだ漏れ出た化学物質は最小限に抑《おさ》えられていた。

ぼくはドアのすぐ脇《わき》に立ち、窓の外の景色に意識を集中させた。

「座席に座ろうよ。がらがらだよ」

「いや、立っているほうがいい」

「そうなの？」

「うん。このほうが気が紛《まぎ》れるんだ」

「たいへんだね」

「大変なんだよ」

ぼくは、線路際の道を行く車の数を数えることにした。とにかく、自分が電車に乗っていることを意識しなければいいのだ。

「1、2、3、4……」

「なになに？」

「車を数えているんだよ」

「おもしろそう。ぼくも混ぜて」

「いいとも」

そう、これは遊びなんだ。電車に乗っていることを忘れる手段ではなく、遊びなのだと思いこむことにする。しかし、結局はずっと「これは遊びなんだ」と心の中で繰り返すことになる。そんな遊びが楽しいはずがない。

そのうち、延々と田園風景が続くようになり、ぱったり車が途切れた。車の数と反比例して、放出される化学物質が増え始める。ぼくは胸に手をあて拍動《はくどう》を確かめた。

大きく息を吸い込み、ゆっくりと吐き出す。

ぼくは口をすぼめ、唇でポ、ポ、ポと音を立てる。

ポ、ポ、ポ、ポ、ポ

「なにそれ？」

ポ？

「だからなにさ？」

「こうやってポ、ポって言ってると気分が落ち着くんだ」

「そうなの？」

「おまえも一緒にやってみなよ」

ポ、ポ、ポ、ポ、ポ

ポ、ポ、ポ、ポ、ポ

「ねえ」

佑司が言う。

「みんな見てるよ」

「おまえの愛らしさに見とれてるんだよ」

「それはないでしょ」

「そうかな」

「まだ、歌のほうがいいよ」

「歌？」

「ママの歌。ママが教えてくれた歌」

「そうだ！　あの歌があった」

「一緒に歌ってみる？」

「うん。歌おうよ」

「小さな声でね。たっくん声が大きいから」

「わかった」

ひとりのぞうさん　くもの巣に
かかって遊んで　おりました
あんまりゆかいに　なったので

もひとりおいでと　よびました……

とにかく、そうやって何とかぼくはこの道程を乗り切った。サンダルウッドの匂《にお》いを嗅《か》ぎ、車の数を数え、ポ、ポ、ポ、と音を立て、それから佑司と歌をうたった。途中、3度下車し、気持ちが落ち着くまで何台か電車をやり過ごした。佑司は、文句も言わず、黙ってつき合ってくれた。

冥王星は思っていたとおり、遠い星だった。

はあ……

施設は眼下に海を望む山の中腹にあった。6階建てのシンプルで清潔な印象の建物だった。

受付で先生の部屋を訊《たず》ねる。3階の一番奥だと言う。ぼくらは階段を昇り、3階に向かう。

「エレベーターがあるのに」

「まあね。でもパパは階段のほうが好きなんだ」

「どうして？」

「エレベーターってどこに連れて行かれるかわかんないから」

「そうなの？」

「だって、窓もないし、ドアはぴったりと閉められててさ、どこに運ばれたってわかんないって。火星に連れて行かれちゃうかもしれない」

「そうかな？」

「そうだよ。最悪の乗り物だよ」

「へんなの」


先生は部屋にいた。4人部屋の窓際のベッドで上体を起こし、本を読んでいた。ほかの人間の姿は無かった。

「先生」

ぼくの声に先生は本から顔を上げた。

「おお」と唸《うな》るような声を上げ、それから大きく頷《うなず》いた。

「来てくれたんだね」

「来たよ」

佑司が言った。

先生は本をベッドサイドの机の上に置くと、尻《しり》を軸にして身体《からだ》を回し、床に足を降ろした。

「屋上に行こう」

先生は言った。

「最高だよ。眺めがいいんだ」

先生はゆっくりと慎重に立ち上がると、ベッドの脇に置かれていた杖《つえ》を手に取った。

「さあ、行こう」

左足を少し引きずるようにして、先生はぼくらの前を歩いた。

振り返り、

「リハビリのおかげだよ」

先生は言った。

「どうにか、自分の足で歩けるようになった」

先生の顔色は良く、声もしっかりしていた。

「ずいぶん、良くなったみたいですね」

「そうだね。前の生活がよほど悪かったらしい。いまのほうが健康なぐらいだよ」

「みたいですね」

先生と佑司はエレベーターを使い、ぼくはここでも頑固に階段を選んだ。屋上に通じるドアを開けた瞬間、青い色彩が視野いっぱいに広がった。先生と佑司がぼくを見て笑った。

「おそいよ」

「火星には行きたくないからね」

「へんなの」

屋上は全面に人工の芝が張られ、たくさんのベンチが置かれていた。老人と、その家族と思われる人たちが何組か、海を眺めながら静かに言葉を交わし合っていた。

「素晴らしい景色ですね」

「そうだろう」

「海を見たのは何年ぶりだろう。佑司は初めてだろう？」

「本物はね」

「そう、これが本物だよ」

「なんだか、こわいよ」

「そう、それが本物のすごいところだよ」

青く澄んだ空に鱗雲《うろこぐも》が浮かんでいた。雲は南に渡る鳥の群のように、水平線の彼方《かなた》を目指していた。ひんやりとした海風が佑司の蜂蜜《はちみつ》色の髪を揺らしていた。

「澪さんは、行ってしまったのかい？」

先生の言葉にぼくは頷いた。おおよそのことは手紙に書いて先生に送ってあった。

「なんだか、あっというまの出来事だったような気がします」

「雨とともに訪れ、雨とともに去るか……」

紫陽花《あじさい》のようなひとだったねえ。

先生はそう呟《つぶや》いた。

「でも、ぼくはもう一度恋をしました」

うんうん、と先生が頷いた。

「6週間の恋だったけど、すごく幸せでした」

先生ははるか高い空に浮かぶ鱗雲を見上げていた。

「秋穂さん」

「はい？」

「そういう出会いを果たせた人間っていうのは、この世の中にどれくらいいるんだろうねえ？」

先生はゆっくりと視線を降ろし、ぼくを見て笑った。涙目の奥で、薄い色彩の瞳《ひとみ》が穏やかな光を放っていた。

「出会ったら、必ず惹《ひ》かれ合ってしまう。何度でも、何度でも」

震える指を水平線に向ける。

「あんな感じだよ。空と海は、必ず一緒になるんだ。いつでもね、何処《どこ》でもね」

ぼくらみんな、そんなたったひとりの相手をずっと求め続けている。

(誰かいませんか？　恋の相手求めてます)

「きみたちは出会ってしまったんだ」

「みたいですね」

「海のように」

「空のように？」

プーについても、ことの顚末《てんまつ》を詳しく先生に伝えた。

彼はね、と先生は話を全て聞いた後で言った。

「とにかく自由な心の持ち主だった。縛られることがいやだったんだろうね」

「生きていけるでしょうか？」

「大丈夫。彼は強いよ。きっとどこかで気ままに暮らしているよ」

ヒューウィック？　と佑司が言った。

先生が、何だろう？という顔で佑司を見下ろした。

ヒューウィック？

佑司が得意げな顔で繰り返す。

「あのね」と彼は言った。

「プーが鳴いたんだよ。こんなふうに」

ヒューウィック？

佑司はものすごく上手にプーの鳴き真似《まね》をした。ぼくにはとうていできない。裏声なんだけど、なんかぎゅっと首を絞められている人間が出すような、なんとも奇妙な音なのだ。

「そんな声で？」と先生は訊《き》いた。

「そうだよ。鳴いたの」

「先生の家を去るとき、初めてプーがこんな声を出したんです」

知らなかったと先生は言った。

「なかなかの食わせ者だね。ずっとしゃべれないふりをしていたんだ。たいしたやつだよ」

「寂しそうでした。先生の姿が無いことも、あの家を離れることも」

「私も同じだ。彼と離れたのは寂しいよ」

でもね、と先生は続けた。

「我々は生きていくよ。どれだけ別れを繰り返しても、どれだけ遠い場所に流されても、それでもね」

さあ、冷えてきた。戻ろうか。

部屋に戻ると先生は、机の引き出しから白い封筒を取り出した。

「あなたにだ」

受け取り、裏を見ると『秋穂澪』と書かれている。

「あれは澪さんが入院してしまう3日前のことだったかね。公園で渡されたんだ。1年後、雨の季節が終わったらあなたに渡して欲しいとね」

先生はベッドに腰を下ろし、杖を立てかけた。

「何が書かれているかは知らない。澪さんも何も言わなかった。ずっと気にかかっていたんだがね、ようやく渡すことが出来てほっとしたよ」

ぼくはためつすがめつ封筒を眺め回し、それからジャケットの胸に収めた。

「ありがとうございました。ずっと預かっててくれたんですね」

「そうだよ。ちょっと不安だったがね。渡す前に私が死んでしまったらどうしようかって考えてもいたよ」

「そんな……」

「いやいや。とにかく、これで私の役目は終わった」

「でも、なんだろう？　何で今なんだろう？」

「何かを見通しているような眼差《まなざ》しだったよ。きっといまのあなたがたに読まれることが一番いいんだって分かっていたんじゃないかな」

「そうですね」

やがて、去るべき時間が来て、ぼくらは立ち上がった。

「また来ます」

「そうだね。あなたたちに会えて嬉《うれ》しかったよ。また来てもらえるなら、明日が待ち遠しくなる」

「わかります。その気持ち」

ぼくは、わかりますともう一度言って、両手を胸のあたりでひらひらさせた。

「それじゃあ」

「見送りは勘弁させてもらうよ」

「はい」

ぼくらは後退《あとずさ》りながら先生のベッドから離れていき、部屋の中程までくるときびすを返してドアに向かった。部屋を出るとき、振り返ると先生はまだじっとぼくらのことを見ていた。

「バイバイ」

佑司が言うと、先生が震える手をゆっくりと振った。

『たっくん』と彼女はぼくに呼びかけていた。

『たっくん、お元気ですか？　身体は大丈夫ですか？』

帰りの電車の中、ぼくはドア近くの手摺《てすり》にもたれかかりながら、澪からの手紙を読んでいた。佑司は線路沿いの道を走る車を数えている。

＊

たっくん、お元気ですか？

身体は大丈夫ですか？

3日後に病院に入院することが決まったので、まだ自由に動けるうちにこの手紙を書くことにしました。

いま、あなたは仕事に行っています。あと、1時間ほどで佑司が幼稚園から帰ってきます。書き上げたら、夕食の材料を買いに出た帰りに、ノンブル先生にこの手紙を託すつもりです。

1年後、雨の季節が終わったらあなたに渡して下さいと申し添えて。


そのとき、私があなたの隣にいないことを私は知っています。

私の幽霊は、もうアーカイブ星に帰ってゆきましたか？

驚いた？

私に予知能力があったことをあなたは知らなかったのでは？


うそよ。

冗談です。

生真面目《きまじめ》で優等生な私だって、冗談は言います。

そして、これから書くことが本当のことです。

あるいは、あなたはこの真実にもっと驚くかもしれません。でも、これは紛《まぎ》れもなく本当のことです。私の身に起こった真実なのです。

その全てをあなたに知ってもらうには、20歳だった頃《ころ》の私たちの話から語り始めなくてはなりません。

いい？

ちゃんと読んで下さいね。


そう、まず最初にあなたの手紙のこと。

思えば、あれがあなたからもらった最後の手紙になりました。

「のっぴきならない事情」でもう手紙が書けません、さよならって、あなたは私に黒いボールペンの文字で告げていました。

ほんの3行の言葉でした。

たったそれだけで私たちのお付き合いは終わってしまうの？

のっぴきならない事情って、何なんでしょう？

私はその短い手紙を幾度《いくど》も読み返しました。そして、そのたびに泣きました。

そんな私にできることは、ただあなたに手紙を書き続けることだけでした。口の端《は》にのぼった問いかけを飲み込み、あなたからの拒絶に気付かないふりをして、当たり障《さわ》りのない日常を書き綴《つづ》って送ること。

まるで遠い星に呼びかけているような孤独な作業でした。

こんなことを書いていても、きっとあなたはあのどこか夢見るような笑顔で「そうだったの？」って言うだけなのよね。そして私はその笑顔につられて、つい一緒に微笑《ほほえ》んでしまうんでしょうね。

そして、そんな苦しさに耐えきれなくなって、ついにあの日、私はアルバイト先のあなたに会いに行きました。

私にとっては精一杯の勇気でした。

そこで、あなたから告げられた言葉。

いつか会えるといいね、ってあなたは言いました。その後です、あなたは「おたがい結婚していたりしてね」って言ったの。

憶《おぼ》えてる？

私は、自分の足下《あしもと》がすべて崩れて無くなってしまったような気持ちになりました。

あなたは、そうやって冷たい言葉を口にすることで、私があなたから離れていくんだって、そう思ったのよね？

でも、あなたは分かっていなかった。

私は、あなたが思っている以上に融通の利《き》かない人間で、しゃくしじょうぎにしかものを考えられない人間なの。一度好きになった人を簡単に忘れられたり、嫌いになったりはできないの。私は生涯でただ一度の恋をするように神様からつくられてしまったんです。だから、私はあなたを想《おも》いながらそれからの日々を暮らしていくしかなかった。

きっと何か理由があるんだ。

そう思うことで、わずかな望みを繋《つな》いで。

それから1年の月日が流れて、やがてあの「運命の日」が来ました。

それは6月の雨の日。

私は仕事からの帰りに自転車に乗っていて、家の近くの県道で車にはねられました。たいした事故ではなかった。自転車が倒れ私は転んだけれど、外傷は見あたらなかった。

すぐに立ち上がり何歩か歩いたところで、しかし私は意識を失いました。

その前後の私の意識の流れをきちんと順序立てて書くことは難しいの。だからとりあえず、後から私が振り返って、こうだったんだなって思ったそのとおりに書いていきます。

そうすると、次の場面はこうなるの。

気付くと、私は雨の中、工場の跡地にうずくまっていた。

分かってもらえましたか？

それが私がずっとあなたに隠していた秘密です。

私は21歳の夏に車にはねられ、8年後の世界に跳んだの。

ジャンプ。

私が一番得意だったもの。

それにしても、ずいぶんと遠くまで跳んだものです。

いま、手紙を読んでいるあなたにしてみれば、ほんの少し前の話になるんでしょうね。

あのとき私がずっと頭痛を訴えていたのは、車にはねられたときに頭を打ったせいだったんです。あとからの検査で、頭に小さな内出血が見つかったってお医者さんから言われました。記憶をすっかり失っていたのもそのせいかなと思うときもあります。

けれど、私はこういうふうにも考えるんです。

人の心は時を超えることに耐えられなくて、一時的に記憶を失うことで正気を保とうとするんじゃないかって。だって、もし記憶があったら、私はものすごく混乱していたと思うから。

そしてまたもとの世界に戻ったときも、私は記憶を失っていました。あなたや佑司と一緒に暮らした6週間の記憶を。

全ての記憶を取り戻したのは、その2か月後でした。

あるいはもし、この時の跳躍が私たちの世界をつくった「誰かさん」のイタズラ心によるものだとしたら、記憶を失っていたこともその「誰かさん」のちょっとした気遣いだったのかもしれません。

いま、こうやってあの時のことを思い起こしながら書いていても、やっぱり人の運命を操《あやつ》ろうとする「意思」の存在を感じずにはいられません。あの6週間が私のその後の人生を変えていったのだから。

あの時、あの場所を目指し、21歳の私が「跳んだ」ことは決して偶然ではありません。ずっと1年の間あなたの言葉の理由《わけ》を知りたいと願っていた私に、きっと気の毒に思った「誰かさん」が手を差し伸べてくれたんでしょう。

私はいまも、そう思っています。


それにしても、私が出会ったあなたたちは何だかものすごいことになっていたわよね。

散々ちらかり、汚れたままになった部屋で暮らしていたあなたと佑司。食べこぼしの染みがついたままの服を着て、ぼさぼさに伸びていた二人の髪。佑司は1年分の耳《みみ》垢《あか》を溜め込んでいたわ。

ふと、それがこれから先のあなたたちの姿だと思うとすごく心配になります。でも、大丈夫よね。きっとあなたたちは、立ち直ってくれる。私がいなくても、二人で協力してしっかりと生きていってくれる。

そう信じてます。


あの時、私はあなたの発作にものすごくショックを受けました。いまでは慣れたけれど、あの時は初めてだったから。あなたにはあの解熱剤を飲まないようにって言い聞かせていたのに、きっと忘れてしまったのね。歴史は変えられないっていう、あの約束事のせいなのかしら？

私の眼鏡の度が合わなかったことや、まだセックスの経験が無かったことは、この告白であなたにもその理由が分かったことでしょう。

それにしても、奇妙な話よね。

21歳の私は、29歳のあなたに初めて抱かれ、バージンではなくなりました。そして、その2か月後に私はまたあなたに抱かれたの。

あなたは私たちが初めて同士だと思っていたでしょうけど、ほんとうはそうじゃなかった。

だからなのよ。あの時の私たちがあれほど淀《よど》みなくひとつになれたのは。

あなたはどう思うのかしら？

少し傷ついちゃった？

でも、私はこれこそが理想の形だとも思うんだけど。実際的に考えすぎるって、あなたは言うでしょうけれど。


6週間はあっという間に過ぎていきました。

私はとても幸せでした。

あなたと恋をし、そしてあなたから素敵な恋の物語を聞かされて、その主人公が自分であることに喜びを感じていました。

佑司にも出会ったものね。

私のぼうや。

イングランドの王子さま。

小学校に上がった佑司はいまの彼よりも少しだけたくましくなっていたようにも思います。

どんどんと成長していくのね。

きっと素敵な大人になっていくんでしょうね。

楽しみだわ。

それから、私が知ってしまった事実。

あなたの小説に書かれていた私の運命。

私は28歳でこの世界から去っていく。

そして、いまここにいる自分は幽霊なんだ！

もちろん、それはあなたの勘違いだったのだけれど、このときの私はそれをすっかり信じていました。

ずっとつきまとう浮遊感や非現実感。あなたたちのどうにも不自然な挙動。それに、外出したときに何度か感じた訝《いぶか》るような視線。ああ、これは全て私が幽霊だったからなんだ。

私はそう信じて疑いませんでした。

だからこそ、お別れの時は、ほんとうにつらかった。私はアーカイブ星に行ってしまうんだって本気で思い込んでいたから。あなたたちと離れるのは寂しかった。そして、この世界から消えていなくなることに怯《おび》えてもいたの。

佑司が泣きながら訴えた言葉も忘れられない。

これから先、あの子があんな苦しみを抱えていかなくてはいけないのかと思うと、心が痛みます。いずれ、彼がもっと大きくなったとき、あなたから伝えてもらいたいの。私がどんなふうに思っていたか。この手紙に書かれている私の思いを伝えて欲しい。そうすることによって彼が強く前向きに生きていけるようになることを私は願っています。

先を続けます。

あなたたちとあの場所でお別れした後、私はまた自分のいた時代に帰りました。気付いたときには病院のベッドで寝ていました。あの事故から数時間しか過ぎていませんでした。私は8年後にジャンプして、そしてその直後にまた舞い戻ってきたようでした。私の不在は、きっと1秒の何分の1とか、そんな短い時間だったのでしょう。

事故相手のドライバーの方も、なんの不自然さも感じていないようでした。

私は、全ての記憶を失っていました。

あなたたちと過ごした6週間の記憶もやっぱり無くしていたの。自分が誰かも分からず、ただ、ぼんやりと病院の天井を眺めながら時間だけが過ぎていく日々を過ごしました。

やがて、ひと月を過ぎた頃から、少しずつ記憶は蘇《よみがえ》ってきました。

初めの頃、私は思っていたの。あの日々の記憶はきっと私が頭の中で勝手に作り上げた幻想なんだろうって。

でも、なんて素晴らしい幻想なんだろう。

私はあなたたちとの6週間にどうしようもなく魅せられていました。

あなたとの口づけ。

森の散歩。

私の子供だという美しい男の子。

二人で抱き合ったときに感じた胸の高鳴り。

そして、なによりも感じていたのは、ひとつひとつの記憶があまりにもリアルで、強い力で私の感情に働きかけていたこと。

あの喜びは本当のこと？

別離の不安、悲しみ。「きみを幸せにしてあげたかった」と言ったときのあなたの悲しそうな瞳《ひとみ》。

私は、何度も心の中であの日々を反芻《はんすう》していくうちに、きっとこれは真実なんだ、8年後に私はジャンプして、また戻ってきたんだって思うようになりました。だから、退院して身体が元のとおりに動くようになると、真っ先に私はあなたの家に電話をかけました。

あの時、あなたのお母さんは私にこう言いました。

「巧は旅に出ています」

あなたが私に教えてくれた話のとおりでした。

この言葉によって私の中の思いは確信に変わりました。そして、私はあなたのお母さんに言付《ことづ》けをお願いしたの。

「話したいことがあるので電話を下さい。いつまでも待っています」

そのあと、私はずっと電話の前から動かずに待っていました。

きっと、あなたからの電話が来る。そして、私たちは湖のある町で再会するんだって。

そして、電話は鳴りました。

私は一度だけベルの音を聞くとすぐに受話器を取りました。

何も聞こえなかったけど、この先にあなたがいるって私は知っていました。

だから、迷わず言ったの。

「秋穂くん？」って。

あの時、あなたの声は不安そうだった。

だから、私は言ったの。

大丈夫、大丈夫だからって。


あの湖の町でも、歩道橋の下で私はやっぱりあなたに「大丈夫」って言いました。この言葉によってあなたが私との結婚を決意するのだと知りながら。あとで、あなたから聞かれたときに私は憶えていないって答えたけれど、それは嘘《うそ》です。ほんとは、ちゃんと憶えていた。

だって、あの言葉こそがじつは私からあなたへのプロポーズだったのだから。


それからの日々にも、私にとってはいろいろな人との再会が待っていました。

ノンブル先生にもまた会うことができました。先生は8年後とあまり変わっているようには見えなかった。プーはまだ若くてとても元気でした。彼の本当の名前が「アレックス」だというのも、この再会によって知りました。

佑司が生まれ、時は穏やかに過ぎていきました。

この頃になると、あの6週間の日々はずいぶんと遠いものになっていました。

記憶はおぼろで、やっぱり、あれは私が見た幻想だったのではないだろうか？　そう、思うときもありました。ひとつひとつ、目の前の現実が記憶と一致するたびに、これは、一種の既視《きし》感のようなものなのかもしれないと、考えたりもしました。もしかしたら、私は28歳の壁をこえて、その先まで生きられるかもしれない。私はあなたに知られないようにして、そっと体質を変えるための漢方薬も飲んでいました。

それでも――

やっぱり、そのときは来てしまいましたね。

定められた明日から逃れることはできないようです。

私があなたにこのことを黙っていた理由は、もうきっと分かってくれていると思います。

あなたには、つらい未来が待っていることを知って欲しくなかった。普通の夫婦のように、未来を信じて、微笑みながら暮らしていきたかったから。

それに、こんなふうに考えてもいました。もし、自分が語って聞かせた幸福な日々の話が私にあの日の電話を決意させたのだと知ったら、あなたはどう思うだろう？

どうするだろう？

あなたは、8年前の世界からやってきた私に、自分との結婚を思いとどまらせようとするかもしれない。まったくの作り話を私に聞かせて、もとの世界に戻った私があなたから遠ざかっていくようにしむけるかもしれない。だって、あの湖での再会の7年後、この手紙を書いている3週間後に私はこの星を去るわけでしょ？

いくらそうではないと口にしてはいても、あなたは私の人生がここで終わることの原因が、自分たちの結婚にあったのだと思うかもしれない。あるいは、あなたは赤ちゃんをつくることを拒《こば》むかもしれない。

ねえ、そうでしょ？

でも、このことを考えるとき、私の頭はものすごく混乱してわけが分からなくなります。だって、もしあなたが嘘を言って、私があなたとの結婚を諦《あきら》めたのだとしたら、いまこの手紙を書いている私はいないわけです。だけど、私は確かにあなたと結婚して、佑司を授かりました。ならば今夜、仕事から帰ってきたあなたにこの手紙を見せてしまったなら、私たちはどうなるのかしら？

その瞬間に、ここにいる私たちは消えてしまうの？

そして、私たちは別々の人生を歩んでいて、佑司がこの世界に生まれてくることはなくなるの？

すごく不思議で、とても私の頭では答えに行き着くことは出来ません。

だから、やっぱり、黙って行くことにします。

だって、あなたと一緒になれないのは嫌だから。

佑司と出会えなかった人生なんて嫌だから。


もし、あのとき、私が湖の町に行かなかったらどうなっていたのだろう？

そんな思いを遊ばせたことも幾度かありました。

あの日、湖に向かう電車の中でも、私は考えていました。

このままどこかの駅で引き返して、あなたに会わずにいたら、私の人生はどうなっていくのだろう？

あなたではない、ほかの誰かと結婚するのかしら？

そのひととずっと年をとるまで一緒に暮らしていくのかしら？

静かで穏やかで、それなりに幸福と思える日々が待っているかもしれない。

でも、おばあちゃんになったとき、私は思うの。


これが私の選んだ人生だったの？

大事なものを手放してまで、私が欲したのはこの人生なの？

21歳の雨の季節に私が見た未来。

私がいないと、なんだか心細そうな顔をする子供みたいな夫。
そして、私のイングランドの王子さま。
彼らと過ごすはずだった時を私は永遠に失ってしまった。

私はきっと後悔するに違いない。
私は知ってしまった。
あなたたちと出会ってしまった。
その思い出を胸に抱いたまま、別の人生を生きることはできない。

あなたと結婚して、佑司を産もう。
あなたと私のぼうやをこの世界に迎えよう。
そして、幸せな日々の記憶を胸に、微笑みながら去っていこう。
私はそう心に決めて、途中下車することなく、あなたのもとに向かったのでした。

もっと生きたいと思う気持ちはあります。
これから私の身に起こることを思うと怖くてどうしようもなくなるときもあります。
佑司が素敵な男の子に成長していく姿を見ることができずに、とても残念にも思います。

でも、私が選んだ人生です。

だから――


ああ、もうすぐ佑司が帰ってくる時間です。

お迎えに行かなくちゃ。そして、お買い物に行って、あなたたちの夜のごはんの準備をします。今夜は佑司の大好きなカレーです。

もう、私があなたたちに食事をつくってあげられるのもあとわずかになりました。

もっともっと、おいしいものをたくさんつくってあげたかったんだけど。

ごめんね。

もう、できないの。


さあ、これで終わりにします。

あなたへの思いはどれほど筆を尽くしても語りきれるものではありません。

あなたと過ごした14年間はほんとに楽しかった。たとえ、どこかに旅することができなくたって、ビルの上から一緒に夜景を見ることができなくたって、私はあなたの隣にいられるだけで幸せでした。
私はひと足先にアーカイブ星に行っています。
いつかまた、そこで会いましょう。
私の隣は、ちゃんと空けておくから。

じゃあ、くれぐれも身体には気を付けてね。
佑司をよろしくお願いね。

ほんとにありがとう。
愛しています。
心から。

さようなら　　　　　　　澪

＊

そして、封筒には、ダイアリーから切り取られた1ページ。
日付は8／15と書かれてあった。

時間になりました。
もう行かなくちゃ。
湖の駅で、きっとあのひとは私を待っています。
私の素敵な未来を携《たずさ》えて。
待ってて下さいね、私のぼうやたち。

いま、会いにゆきます。

エピローグ

そして今日もまたぼくらは森に向かう。
自転車にまたがる佑司のシャツはぴかぴかに白く輝いている。
髪は綺麗《きれい》にカットされ、風にさらさらとそよいでいる。

ねえ、ぼくらはがんばっているよ。
少しずつきみが望んでいたようになろうとがんばっている。
少しずつね。
少しずつ。
ポコ　ポコ

きみが残した命は、元気に育っているよ。
そしてきみを恋しがっている。

この小説を終わらせる最後の挿話として、そのことを書くよ。


森の中をぼくは40分ほどかけてゆっくりと走る。

ぼくは色のあせたショートパンツに「KSC」と書かれたTシャツを着ている。

佑司はぼくのあとから子供用自転車に乗ってついてくる。

もう、遅れることはない。生まれついての自転車乗りみたいに上手に彼は走らせる。

そして、森を抜け、ぼくらは工場の跡地に辿《たど》り着く。

そこで、彼はボルトやナットやコイルバネを拾う。

ぼくは、彼から離れた場所に腰を下ろし、うとうとと微睡《まどろ》む。

でも、ぼくは知っている。

佑司はこっそりとズボンのポケットに忍ばせている。それは、アーカイブ星に行ってしまったきみへの手紙だ。

へたくそな字で（残念ながらぼくに似てしまった）、「アーカブイ星　あいおみおさま」と宛名《あてな》が書かれている。

裏には「あいおゆうじ」とある。

彼はその手紙をあの♯5の支柱が曲がった郵便受けにそっと投函《とうかん》する。（ポストと間違えているようだ）

何故《なぜ》か、ぼくには内緒にしている。だから、彼がボルト拾いに夢中になっているあいだに、ぼくも彼に気付かれないようにその手紙を回収する。

封を開けて中身を読んだことはない。ただ、回収して、あの靴箱の中に仕舞《しま》ってある。

また、次のとき、郵便受けの中の手紙が無くなっていることを確認して、佑司は小さく頷《うなず》く。

（でも、ぼくはしっかりと見ている。眠るふりをしながら）

そうやって、佑司はアーカイブ星に行ってしまったきみに語りかけている。

雨の週末はとくに佑司は工場の跡地に行きたがる。しかたなく、そんな日は傘をさして歩いて行く。

ぼくは、残された工場の台座にビニールシートを敷いて腰を下ろす。佑司は、ボルトを拾うふりをしながら少しずつ♯5のドアに近付いていく。

そして、小さな声できみに呼びかける。

ママ?

佑司は、信じている。
きみがいつかまた、あの#5のドアを抜け、ぼくらのもとに帰ってくるのだと。
それは、きっと雨の日なのだ。
イングランドの王子は、黄色い傘をさし、今日もまたきみに呼びかける。

ママ?

ママ?

ママ?

＊九十七頁の引用は、カート・ヴォネガット著・浅倉久志訳『ジェイルバード』（早川書房、一九八五年）による。

＊日本音楽著作権協会（出）許諾第0714181－701号

『いま、会いにゆきます』の映画化と、市川拓司の小説世界――解説にかえて

春名　慶

田園風景のなかを走る単線列車。竹内結子扮《ふん》する澪が車内のボックスシートに座り日記の最後のページを書いている。

「巧、佑司、待っていてください。……いま、会いにゆきます」

観客は、タイトルに秘められたその言葉の意味と物語の深遠なテーマを知り、映画は大団円を迎える。

映画版『いま、会いにゆきます』のこのシーンにたどり着くまでには、一年以上の時間と夥《おびただ》しい試行錯誤があったことを記憶している。

初めて市川拓司さんにお会いしたのは、二〇〇三年の夏、ちょうどお盆の時期で、奇しくも本格的な雨の日だった。土井裕泰《のぶひろ》監督とともに向かった大宮のホテル、そのロビーに市川さんが現れた瞬間の映像は、いまでも鮮明に脳裏に焼きついている。編

集者の脇からひょいと姿を見せ、想像していたよりも身長が高いからか、少し猫背で、まるで久しぶりに会う親戚に対して照れるような表情で、「はじめまして。市川拓司です」と挨拶《あいさつ》をされたのだ。事前に編集者から「巧みたいな感じの人ですよ」と市川さんのイメージを聞いていた僕は、「ホントに秋穂巧みたいだ」とそのとき思った。

初対面にもかかわらず、二時間近くホテルの喫茶室でミーティングしたのだが、その内容の殆《ほとん》どが世間話や映画業界の動向についてで、市川さんは何でも良く知っていて(特に映画やテレビドラマについて)、何でもよく喋《しゃべ》る方だなあという印象だった。映画化の本題についての議論は全体の二割にも達していなかっただろう。

だが、実はこのことは、僕にとってはラッキーだった。ちょうどその翌月から『世界の中心で、愛をさけぶ』の撮影が始まる時期で、その準備に追われていたのと、不勉強で大変申し訳なかったのだが、市川作品については本書しか読んでおらず、余り深い話に及ぶと、映画化を試みようとしているプロデューサーとしての作家に対する姿勢が疑われかねなかったからだ。(実際、このとき、土井監督には随分助けられました)

ただ、確か映画化の本題についての冒頭に、「市川さん、絵本って書いてみたいと思いませんか?」といきなりの質問をぶつけると、「ああ、一度書いてみたいと思ってました」と即答していただいたのを憶《おぼ》えている。実は、澪が佑司に託す「絵本」を映画版の重要な小道具にしたいという構想を持って、僕はその日に臨んでいたのだ。

『いま、会いにゆきます』を映像化するにあたっては、当然幾《いく》つかの課題があった。そのひとつは〝澪が甦《よみがえ》ってくるからくり〟の説明だった。小説では、澪がノンブル先生に託した巧宛《あて》の手紙という手段で、このからくりが読者に明かされる（単行本のページ数にして十八ページあった）。また、澪が自身の運命を知るきっかけは、巧が書いていたとされる自叙伝的小説を読んだという設定となっている。これらは、活字世界でなら存分にその威力を発揮する表現方法である。しかし、生身の役者が演じる映像エンタテインメントではなかなか視覚的に説得力を持たせられない。そこで、幾つかの設定変更を、土井監督や脚本の岡田惠和さん、プロデューサー陣とで思案した。

まず、「一年後の雨の季節に甦り、六週間の後にまたアーカイブ星に戻ってしまう」というメッセージは、どう伝えられるべきか？

そこで「絵本」である。澪が息子の佑司に書いた「絵本」という小道具を、視覚的な伏線として使うことを考えた。絵本自体が母親の愛情の象徴にもなるし、母の死後それを擦《す》り切れるまで読んでいた佑司が、澪の再来を期待すると同時に、後に訪れる別離をちゃんと理解できているという設定を観客に提示できるからだ。（実際に市川さんにこの絵本のネームを書いていただきました）

次に、澪自身が運命を知るきっかけを、少女時代からつけていた「日記」に変更した。そして、ここにタイムパラドクスの「からくり」を組み込んだ。物語の中では、喪《うしな》った記憶を埋めてあげるかのように、優しい夫が妻に二人の恋の馴《な》れ初《そ》めを語る。巧側の愛情は十二分に理解できる反面、じゃあ澪はその時々一体どう感じていたのかを観《み》たくなった。そこで、物語のラスト部分で観客側に鮮やかな視点の転換を用意して、澪の感情を走馬灯のごとく展開した。観客が前半で見た男性側の恋のエピソードを今度は女性側の視点で描いてみせ、その先に「からくり」の説明を配置する。こうすれば、澪の感情が前提としてあるがゆえに、彼女の「人生の選択」に、より説得力を持たせられると確信した。そして、巧へと（そして巧と佑司と過ごす人生へと）向かう列車の中で、澪が日記の最後に『いま、会いにゆきます』とメッセージを綴《つづ》る大団円を用意したかったのだ。

三番目は「ノンブル先生」の存在。原作では、とても重要な役割を果たす、いわゆる「天使」的な視点のキャラクターである。しかし、生身の役者が演じる映画では、不可思議な奇蹟《きせき》を共有する人物をできるだけ少人数にしたかった。それゆえ、〝幽霊〟

と遭遇するのは父子のみという「閉じた世界」を構築した。また、この種のファンタジーは突っ込みどころが満載になると、観客が物語そのものに集中できない危険がある。そこで、父子の遭遇した奇蹟を共有はしないが、どこか肯定している存在として、小日向文世が扮する野口先生という巧の主治医のキャラクターを誕生させた。

小説を映画化する際に、プロデューサーは、原作小説の翻訳者であるべきだと僕は考える。直訳してはダメ、すなわち小説に書かれたことをそのまま映像化すればいいものでもない。それだと、空想をマキシマムにして読んでしまった読者の想像力に、映画は勝てっこないからだ。かといって、意訳する、すなわちテーマだけが合致していて換骨奪胎《かんこつだったい》していいかというと、じゃあそもそも原作としてその小説を選ぶ必要があるのかという議論にもなりかねない。物語の骨格をしっかりと踏襲し、エピソードやセリフが持つ意味や精神を受け継いだ上で、映像世界にフィットする表現に飛躍的に変換させる。その繰り返しを実直に行うことが翻訳だ。ただし、原作の持つ景色や空間、そこにある空気の匂《にお》いといった要素はなかなか翻訳できない難題となる。

『いま、会いにゆきます』においては、「雨」と「＃5倉庫」の表現が難題だった。

この物語の空気を支配しているのは紛《まぎ》れもなく「雨」である。「雨の季節に訪れた優しい奇蹟」と謳《うた》っても、雨に包まれた世界を映画で表現することは非常に困難だ。実際の雨の中では撮影は不可能で、「雨降らし」という人為的な作業が必要となる。また「♯5倉庫」は、読者が想像をマキシマムに膨《ふく》らませたシーンだろう。澪が父子と再会し、そして還《かえ》ってしまうこの重要なステージの表現が映画の成否を決めると言っても過言ではなかった。しかし、それを美術監督の種田陽平さんは見事に翻訳してくれた。長野県の諏訪《すわ》にあった廃工場を改造して設《しつら》えた「♯5倉庫」は、父子の日常と母のいるアーカイブ星との「結界」として、現実世界でもなくファンタジーでもない境界線を体現していた。特に、壊れた窓から雨が滴《した》り落ちるという工夫は、観客に雨の存在を常に感じさせる効果がありながら、雨がかからない室内で芝居の撮影が進行できるというスタッフへの心優しい配慮もあった。

市川さんと再会したのは、この「♯5倉庫」のロケ現場だった。初対面から約一年後の真夏の炎天下、奥様と息子さんを連れて来られた市川さんの姿が、物語の中の「秋穂家」の三人の光景と重なった。最初にお会いした際に、「ホントに秋穂巧だ」と感じた感覚と同様に、ふと、「あ、この物語はこの家族の物語なのか」と奇妙な納得をした憶えがある。市川文学の基盤というか、創作の原動力はこの家族にあるのだと、そのときに確信した。（先日、『そのときは彼によろしく』の完成披露試写でお会いした際にその確信はさらに深まった）

市川文学は「心優しいまなざしのファンタジー」が読者からの人気の理由だと称される記事をよく目にする。しかし、（その後何作かを拝読し）僕が感じる物語自体の共通項は一見その逆の「現実の残酷さ」である。本書でも父子は、澪との二度の悲しい別離を経験させられる。また、市川文学は決してファンタジー小説などではなく、ひとつの大きな嘘《うそ》以外は、物語世界が完璧なリアリティーで形成されているように思える。本書も「死んだ妻が六週間だけ甦る」こと以外は、巧や佑司をめぐる状況はリアリティー（現実）そのものである。出来事としてのリアリティーというよりも、感情としてのリアリティーが支配している。ここが読者の共鳴する最大のポイントなのだ。特別な何かを求めるのでなく、「おはよう」「おやすみ」とか「大丈夫？」と、家族が交わす日常の言葉を慈しみ、大切な人と絆《きずな》を結ぶ普遍を愛する。だからこそ、どんな現実に直面しても、それを受容し、すべてを許容し、生きていこうとする登場人物たちの感情の温度に、読者は魅了されるのだろう。

また、市川作品には殆どと言ってよいほど「悪者」が登場しない。その代わり、登場人物すべてが少なからず何か課題を抱えていたり、過去の喪失に苛《さいな》まれている。しかし、彼らは苦悩したりもがいたりしない。むしろ、課題や悩みと寄り添って生きていく「優しい覚悟」をしているように感じる。いまの時代は、善悪の境目が曖昧《あいまい》になり、様々な問題が個的になっている。そんな時代を生きる人々にとって市川拓司ワールドの登場人物たちと出会うことは、読者のその後の人生の過ごし方を少しだけ豊かにしてくれるのかもしれない。

映画の完成まで、何度も原作を紐解《ひもと》いた。製作当時は恐らく何かアイディアを求めるというよりも、この物語が持つ匂いや温度を確認したいという意図が働いたのだと思う。手元にある原作の単行本には、今も何十もの付箋《ふせん》が貼《は》られたままだ。そこかしこのエピソードやセリフに、色分けされた付箋が貼られている（何故色分けしたかは記憶していないが）。そう言えば、原作にあるエピソードで映画に登場させられなかったものもたくさんある。一例を挙げると、佑司が＃5倉庫のそばのポストに澪宛の手紙を投函し続けるエピソードは、脚本化のときに最後の最後までトライしたが、断腸の思いで削った箇所である。

もしも映画のみをご覧になっていて本書を手に取った方は、市川拓司ワールドの奥深さと映画に登場させられなかった素敵なエピソードたちを是非堪能《たんのう》していただきたい。

（はるな　けい／映画プロデューサー）

―本書のプロフィール―

本書は、二〇〇三年二月、小社より単行本として刊行されました。

シンボルマークは、中国古代・殷代の金石文字です。宝物の代わりであった貝を運ぶ職掌を表わしています。当文庫はこれを、右手に「知識」左手に「勇気」を運ぶ者として図案化しました。

――「小学館文庫」の文字づかいについて――

- 文字表記については、できる限り原文を尊重しました。
- 口語文については、現代仮名づかいに改めました。
- 文語文については、旧仮名づかいを用いました。
- 常用漢字表外の漢字・音訓も用い、難解な漢字には振り仮名を付けました。
- 極端な当て字、代名詞、副詞、接続詞などのうち、原文を損なうおそれが少ないものは、仮名に改めました。

いま、会いにゆきます

著者　市川拓司（いちかわたくじ）

二〇〇七年十一月十一日　初版第一刷発行

編集人――菅原朝也
発行人――佐藤正治
発行所――株式会社　小学館
〒一〇一-八〇〇一
東京都千代田区一ツ橋二-三-一
電話　編集〇三-三二三〇-五一三四
　　　販売〇三-五二八一-三五五五
印刷所――中央精版印刷株式会社

©Takuji Ichikawa 2007　Printed in Japan　ISBN978-4-09-408217-3

造本には十分注意しておりますが、万一、落丁・乱丁などの不良品がありましたら、「制作局」（〇一二〇-三三六-三四〇）あてにお送りください。送料小社負担にてお取り替えいたします。（電話受付は土・日・祝日を除く九時三〇分～一七時三〇分までになります。）
本書の無断での複写（コピー）、上演、放送等の二次利用、翻案等は、著作権法上の例外を除き禁じられています。本書の電子データ化などの無断複製は著作権法上の例外を除き禁じられています。代行業者等の第三者による本書の電子的複製も認められておりません。
R〈日本複写権センター委託出版物〉
本書の全部または一部を無断で複写（コピー）することは、著作権法上の例外を除き禁じられています。本書からの複写を希望される場合は、日本複写権センター（〇三-三四〇一-二三八二）にご連絡ください。

小学館文庫

この文庫の詳しい内容はインターネットで
24時間ご覧になれます。またネットを通じ
書店あるいは宅急便ですぐご購入できます。
アドレス　URL http://www.shogakukan.co.jp